KB123808

이것이 법이다

1

자카예프 장편소설

로크미디어

이것이 법이다 1

2015년 9월 3일 초판 1쇄 인쇄
2015년 9월 8일 초판 1쇄 발행

지은이 자카예프
발행인 이종주

기획 팀 이주현 이기헌
책임 편집 최전경

발행처 (주)로크미디어
출판등록 2003년 3월 24일
주소 서울시 용산구 원효로97길 46 5층
Tel (02)3273-5135 Fax (02)3273-5134
홈페이지 rokmedia.com E-mail rokmedia@empas.com

© 자카예프, 2015

값 8,000원

ISBN 979-11-255-9576-2 (1권)
ISBN 979-11-255-9575-5 04810 (세트)

이것이 법이다

CONTENTS

'왜?'라는 의문

　한국대 수석. 사법고시 수석. 차일드 법률 회사 최연소 법률 자문. 95.85%에 달하는 승률. 그 어떤 것도 노형진을 시켜 주지는 못했다. 지금 이 순간 느껴지는 것은 가슴에 삐쭉 솟아난 손잡이뿐.

　"쿨럭."

　"그러니까 작작 했어야지."

　자신을 내려다보는 남자를 형진은 올려다보았다. 흐릿해지는 시야로 보이는 그의 얼굴에는 비웃음이 가득했다.

　"왜……."

　"그 답은 너도 잘 알지 않나?"

　"쿨럭."

대답 대신에 입에서는 피가 뿜어져 나왔다. 그 피가 상대방에게 묻어서 증거가 되었으면 좋으련만, 그가 입고 있는 우비는 그마저도 막아 내 버렸다. 온통 비닐로 포장된 방과 비닐 옷을 입고 있는 남자들까지, 완벽하게 준비된 함정.

"여기는 미국이 아니라고."

남자는 비릿하게 웃었다.

"그렇게 정의롭고 싶으면 미국으로 갔어야지, 여기서 그러면 쓰나."

'아…….'

미국 유수의 로펌이 그를 모셔 가려고 했지만 그는 한국에 남았다. 고향인 한국의 정의를 지키고 싶었기 때문이다. 그러나 이번에는 상대가 너무 안 좋았다.

"두한 놈들……."

두한. 한국의 3대 메이저 기업 중 하나이며 현 대통령의 사돈이 되는 집안이다. 그들이 비밀리에 화학 폐기물을 방류한 것이 알려지면서 시작된 소송. 피해자만 1만 명 이상에, 그 피해액만 2조가 넘어가는 한국 역대 최고 금액의 소송이었다. 그러나 두한이라는 거대 그룹, 거기에 현직 대통령의 사돈이라는 배경까지 있으니 누구도 하지 않으려 해 결국 소송은 그에게 도착했다. 그 결과가 이것이다.

"국정원은 국가를 지키는 곳이 아니던가?"

자신의 가슴에 칼을 박아 넣은 녀석이 어디 조폭이나 킬러라면 이해하겠건만, 현직 국정원 요원이라는 사실이 그는 믿기지 않았다.

"뭔가 착각하는 모양인데."

점점 기력이 다해 가는 노형진의 귀에 대고 작게 중얼거리는 남자.

"우리가 지키는 건 국가가 아냐. 각하지."

그러면서 가슴에 꽂혀 있는 칼을 비틀었다.

"쿨럭."

그 고통에 노형진은 격하게 피를 뿜으면서 그대로 절명하고 말았다. 남자는 그런 노형진을 잠시 바라보더니 고개를 끄덕거렸다.

"치워."

그 말에 기다리고 있던 남자들은 노형진의 시체를 커다란 드럼통에 담고는 그곳에 염산을 들이붓기 시작했다.

그렇게 노형진이 죽으면서 남긴 것은 위대한 업적도, 명예도 아닌 염산에 녹아내린 한 줌의 핏물뿐이었다.

⚖️

"죽을 때가 아닌데 잘못 죽었군."

멍하니 서 있는 혼령을 보면서 검은 옷의 저승사자는 고개를 흔들었다.

"죽어서는 안 될 놈인데."

예로부터 예상치 못한 일로 죽는, 소위 말하는 객사하는 사람들이 있기 마련이다. 하지만 그 객사한 사람이 죽어서는 안 될 경우에는 골치가 아프다.

"염라대왕님, 어떻게 할까요?"

"문제로군."

보통은 다시 돌려보내서 기적적으로 살아나게 만들지만, 그를 죽인 사람은 그의 시체마저 한 줌의 핏물로 만들어 버려서 그마저도 불가능했다.

"하지만 그가 없으면 문제가 커집니다."

"안다. 그러니 큰일이지. 쯧쯧."

지상의 타락은 극에 달했다, 심지어 지옥이 가득 차서 자리가 없다는 소리가 나올 정도로. 그걸 바르게 잡기 위해서 보냈더니만 바로잡기는커녕 제대로 시작도 하지 못하고 죽어 버린 것이다.

"돌려보내야 하는데……."

돌려보내자니 시체가 없고, 돌려보내지 말자니 이런 식으로 억울한 죽음이 너무 많아진다. 원한이 쌓이고 쌓여서 하늘에 닿으면 천지가 개벽한다고 한다. 즉, 거대한 겁화가 세상을 뒤덮는 것이다. 전쟁이 될 수도 있고 엄청난 자연재해가 될 수도 있다. 어느 쪽이든 최소한 수억은 죽어 나갈 것이다.

"신들께서 그냥 두지 않을 텐데요."

"끄응……."

신들은 지금의 세상을 개벽하겠노라 공언했고 옥황상제는 지상의 생명을 불쌍하게 여겨서 한 번의 기회를 더 달라고 읍소했다. 그 기회가 바로 이자였다. 그런데 이렇게 허무하게 죽을 줄이야.

"편법을 써야겠군."

"설마 역행하시려는 겁니까?"

"어쩌겠나. 육신이 있어야 돌려보내는데 육신마저 한 줌의 핏물이 되어 버렸으니."

"신들이 좋아하지 않으실 텐데요?"

"그 정도는 각오해야지."

사실 신들 중 몇몇은 모른 척해 줄 거라는 것을 그는 예상하고 있었다. 모든 신들이 개벽을 원하는 건 아니니 말이다.

"설사 역행하신다고 해도 그다지 도움이 되지는 않을 것입니다."

역행은 말 그대로 시간을 되돌려 과거에서 되살리는 것. 그러나 과거에 되살린다고 해도 결국 같은 길을 간다면 똑같이 죽을 게 뻔했다.

"그러니 자기 목숨 줄을 지킬 정도의 힘은 줘야지."

"목숨 줄을 지킬 정도의 힘?"

마음 같아서는 천지가 개벽할 정도의 능력을 주고 싶지만, 그랬다가는 도리어 그가 개벽의 원인이 될 수도 있기에 한계는 있을 수밖에 없었다.

"이번에는 제대로 살아남길 빌어야지."

염라대왕은 멍하니 서 있는 노형진의 영혼을 보면서 중얼거렸다.

"으헉!"

노형진은 일어나다가 머리에서 느껴지는 강력한 충격에 다시 뒤로 자빠졌다.

"바보 아냐?"

순간적인 충격에 쓰러져 있던 그에게 들리는 여자의 목소리.

"아니, 침대를 사 놓은 게 벌써 한 달이 넘었는데 아직도 그러냐?"

침대 2층에 고개만 빼꼼 내밀어서 내려다보는 사람을 본 형진은 멍하니 그 모습을 바라보았다.

"누나?"

"그래도 충격으로 기억상실에 빠지지는 않았네?"

"살아 있었어?"

멍한 노형진의 말에 노현아는 얼굴을 찌푸렸다.

"죽을래? 나 벌써 17년째 멀쩡하게 살아 있거든?"

"17년?"

"그래, 태어나서부터 한국에서 살았으니까, 이 멍청한 동생아."

순간적으로 이해하지 못하는 얼굴로 그녀를 바라보는 형진이었다. 그럴 수밖에 없는 게, 그녀가 17년 전에 태어나서 살았다는 건데.

"정신 차리고 빨리 자라."

그러고는 다시 쏘옥 위로 올라가는 현아. 형진은 멍하니 앉아 있다가 엉겁결에 다시 침대에 누웠다.

'분명히……'

생각을 정리하자 뭔가가 하나씩 떠올랐다, 과거의 기억, 공부했던 것들, 역사 그리고 자기가 어떻게 죽었는지까지.

'내가 꿈을 꾼 건가?'

그런데 꿈을 꾼 것치고는 너무나 생생했다, 심지어 가슴에 파고들던 그 칼의 느낌도 여전히 느껴질 만큼.

'어떻게 된 거지?'

이해할 수 없는 상황에 노형진은 잠을 이루지 못했다.

⚖️

"다녀오겠습니다."

번개같이 식빵 하나를 채고 날아가는 누나. 그리고 그 뒤에서 터벅터벅 걸어가는 형진.

"지각해도 난 모른다."

누나의 목소리 한마디에 형진은 고개를 내려서 자신의 복장을 바라봤다.

'중삐리라니.'

중학교 2학년. 지금 그의 나이였다. 분명 꿈, 아니 기억 속에서는 한참 전에 지나간 시절.

'그러니까 내가 중 2이고, 누나는 열일곱 살에 고등학교 1학년.'

아무리 형진이 머리가 좋아도 매일 아침을 기억할 수는 없다. 하지만 커다란 사건들은 대충 기억할 수 있다.

'뭐가 어떻게 된 거지?'

분명 자신은 죽었는데 어렸을 때로 돌아오다니? 더군다나 누나가 살아 있는 시점으로 말이다.

'누나가 살아 있다니…….'

노형진은 왠지 왈칵 눈물이 났다. 누나의 삶은 평탄하지 않았다. 고등학교 때 만난 남자 친구와 결혼했지만 그 녀석은 좋은 남편이 되지 못했다. 결국 애 두 명을 낳고 이혼해서 혼자서 힘들게 아이들을 키웠는데, 사고로 아이들을 잃어버리고는 한국이라는 나라에 정을 떼 버렸다. 조용히 살고 싶다며 모든 걸 다 버리고 일본으로 떠났지만 그해 일본에서 발생한 거대 쓰나미 사태로 시체조차 찾지 못했다.

"잠깐…… 그렇다면……."

기억이 맞는다면 이때쯤이 그 녀석을 만나는 시점이다. 소위 말하는 일진이라 불리는 녀석. 반반한 얼굴에 훌륭한 싸움 실력을 가지고 있는, 여고생이라면 충분히 반할 만한 녀석.

'설마, 꿈인데.'

꿈이라면 꿈일 것이다. 하지만 형진은 불안감을 감출 수가 없었다. 당장 그 녀석과 잘되면 누나의 삶이 지옥으로 떨어지는 것은 확정이기 때문이다.

'이건 꿈인가? 아니, 내가 꿈을 꾼 건가?'

분명 꿈일 거라 믿어 의심치 않지만 너무나 선명한 기억이 그의 불안감을 자극했다.

'확인해 봐야겠어.'

그는 학교로 가던 방향을 바꿨다. 원래 기억에서는 초등학교, 중학교, 고등학교를 통틀어서 한 번도 해 본 석이 없는 짓이지만, 그는 마음을 독하게 먹고 다른 길을 향해서 전진하기 시작했다.

"까까!"

"닝기미."

저 멀리 보이는 농구 코트에서 땀을 흘리면서 날아다니는 남자. 그의 매형, 아니 원수나 마찬가지인 조혁우였다. 그는 누나와 결혼한 후에도 수많은 여자들과 정을 통했다. 문제는, 언제나 자기가 총각이라고 거짓말을 하는 바람에 집에서 준 재산과 누나가 벌어 준 돈 모두를 합의금으로 날려야 했다. 최후의 순간까지 반성이라고는 하지 않았던 인간쓰레기지만 지금은 멀쩡하고 스포츠 능력이 뛰어난 놈으로 보일 뿐이었다.

"진짜로 있는 놈이잖아?"

꿈이라면 저런 녀석은 없어야 한다. 왜냐하면 저 녀석을 처음 만난 것은 몇 년 후 누나가 소개시켜 준다며 집에 데리고 왔을 때였으니 말이다. 그런데 실제로 존재하는 놈일 줄이야.

"꿈이 아닌가?"

꿈이라고 보기에는 너무나 확실한 기억들.

"그래, 일단 꿈인지 아닌지는 모르겠지만…… 거리를 두게 만드는 게 중요하겠어."

이게 꿈인지 아니면 지금까지의 일이 꿈인지 알 수는 없지만 어느 쪽이든 저 인간쓰레기가 자신의 누나 곁에 있는 것을 두고 볼 수는 없었던 노형진은 굳은 결심을 하면서 덩크슛을 하는 조혁우를 노려보았다.

"내가 모를 거라고 생각했겠지."

숨겨진 일기장을 찾는 것은 어렵지 않았다. 누나는 자신이 모른다고 생각하고 있겠지만 말이다.

"어디 보자…… 끄응, 중증이네."

일기장을 꺼내 본 형진은 자신도 모르게 신음성을 흘렸다. 완전히 푹 빠져서 각 장마다 거의 찬양에 가까운 말을 써 났던 것이다.

"이래서는 말해도 안 통하겠지. 하긴, 그때는 통했냐……."

그 당시에도 집안의 반대가 심했다. 제대로 된 직장도 없거니와 주변에서 그에 대한 좋지 않은 소문이 너무 많았기 때문이다. 그러나 누나는 완전히 푹 빠진 상태였고 사랑의 도피랍시고 도망치더니만 1년 후에는 애까지 데리고 나타나는 바람에 어쩔 수 없이 허락할 수밖에 없었다. 결국 그 결과는 아이들과 자신의 죽음으로 나타났지만.

"어떻게 해서든 저 새끼를 떼어 내야 하는데."

문제는 저 녀석이 떨어지라고 해서 떨어질 놈이 아니라는 거다. 자신의 누나이신 하시만 누가 봐도 한눈에 반힐 민힌 외모를 가지고 있으니 말이다. 주먹으로 해결하고 싶어도 자신은 중학생, 저놈은 고 1이다. 일단 체구의 차이도 큰 데다가 자신은 지금까지 모범생의 삶을 살아온 것에 비해 저 녀석은 학교 내에서도 일진, 즉 학교 내 조폭에 속하며 그것도 1학년 짱을 하고 있는 놈이다.

"어쩐다."

도무지 대책이 보이지 않는 상황.

"응?"

그렇게 고민하고 있을 때 형진은 구석에 처박혀 있는 쓰레기통에 우연히 눈이 갔다. 사실 쓰레기통을 자세히 볼 일은 없었지만 누가 봐도 쓰레기라고 보기에는 힘든 빨간색의 봉투 하나가 놓여 있었기 때문이다. 구겨지기는 했지만 그게 작은 편지 봉투라는 것은 모를 수가 없었다.

"이건 뭐지?"

빨간색의 편지 봉투라는 것이 왠지 노형진의 관심을 끌었다. 그걸 꺼내서 펼쳐 든 형진은 피식 웃을 수밖에 없었다.

"그럼 그렇지."

외모가 뛰어나니 러브 레터가 없을 리가 없다. 그리고 누나는 그걸 구겨서 쓰레기통으로 직진시킨 것이다.

"러브 레터……. 사랑하는 현아 양……. 쯧쯧, 어디 범생이 쓴 글이구만."

척 봐도 여자 경험이라고는 없는 모범생이 용기를 내어 쓴 것이 분명한 러브 레터였다.

"박광석이라…… 불쌍해라. 자기 편지가 이렇게 쓰레기통에 들어갈지 알고 있었을까?"

진심을 담아서 써 보냈지만 여자가 진심을 알아주는 경우는 드물다는 것을 알고 있었기 때문에 그는 혀를 차면서 그걸 다시 버리려고 했다. 하지만 그는 순간 멈칫할 수밖에 없었다.

"잠깐, 박광석이라고?"

어쩐지 익숙한 이름이다. 하지만 아무리 누나의 삶을 더듬어 봐도 박광석이라는 이름은 기억해 낼 수가 없었다. 결국 누나가 아닌 자신의 삶, 아니 꿈을 더듬어 보고 나서야 그는 박광석이라는 이름을 어디서 들었는지 알 수 있을 것 같았다.

"그 박광석?"

박광석. '변호사 중에 노형진이 있다면 검사 중에는 박광석이 있다.'라는 말로, 사람들에게 노형진 본인과 함께 창과 방패로 불리던 사람. 자신이 한국에서 변호사 자격을 따고 미국 하버드로 재입학해서 미국에서 변호사 자격증까지 딴 뒤 국제적인 변호사로서 한국에 온 것과 다르게 박광석은 한국 법대를 졸업하고 사법시험에 수석 합격해서 검사의 길을 간 사람이었다.

그러나 이상하게도 이름은 서로 많이 들어 봤는데 만난 적은 없었다. 노형신이 입학할 때는 군내에 있고 그가 제대힐 때쯤이 되자 노형진이 군대에 가 버린 데다가 군대를 제대하자 그는 졸업한 후였기 때문이다. 그 후 검사가 되고 변호사가 되었을 때도 만나지 못했는데, 그는 형사사건을 담당하고 형진은 민사사건을 주로 담당했기 때문이다. 그럼에도 불구하고 노형진이 그를 아는 것은 한 가지 이유 때문이었다.

"학폭의 저승사자."

검찰청, 아니 법조계에 유명한 말이다. 그가 학교 폭력에 관해서는 말 그대로 영혼까지 탈탈 털어 버릴 정도로 용서가 없는 사람이라고 소문이 났기 때문이다. 학교 폭력 사건이 들어오면 자신에게 배당해 달라고 우기기까지 했다고 한다. 심지어 학교 폭력 사건에 관해서 실형이 나오지 않으면 3심까지 물고 늘어지는 악착같은 그의 성격 때문에 재판부도 치를 떨었다. 그의 세계에 학생이라서 봐준다는 말은 없었다.

'잠깐만…… 그러고 보니…….'

그렇게 학폭에 열폭하는 이유가 개인적으로 학교 폭력의 희생자였기 때문이라는 이야기를 들은 적이 있다. 그리고 소문으로는 자기를 괴롭혔던 녀석을 결국 감방에 처넣는 데 성공했다고.

"그게…… 여름이었지, 아마?"

그리고 가을쯤 누나가 찾아왔다. 소송해서 이혼했다고 말이다. 생각해 보면 이상한 게, 조혁우의 성격을 봐서는 두들겨 패서라도 이혼을 막았을 것이다. 하지만 그 당시 감방에 가 있었기 때문에 막지 못했다.

"오호?"

그때는 관련이 있다고 생각하지 못하고 넘어갔는데 왠지 슬슬 관련성이 보이는 것 같았다.

"좀 알아봐야겠는데?"

⚖

"역시나."

슬쩍 들어간 고등학교에서 노형진은 조혁우와 박광석의 관계를 어렵지 않게 확인할 수 있었다. 매일같이 돈을 빼앗고 때리고 협박하는 장면을 볼 수 있었던 것이다.

"이런 관계라는 건가."

당하는 걸 보고 나니 그가 학교 폭력을 치를 떨 정도로 싫어한 이유를 알 것 같았다.

"이 새끼야! 5만 원 가지고 오라니까!"

"하지만 돈이……."

"내 알 바 아니고. 훔쳐서라도 가지고 오라고, 이 씨발 놈아."

조혁우는 박광석을 무척이나 싫어했다. 아니, 자기보다 잘난 놈은 다 싫었다. 그 때문에 자기보다 잘났다고 생각하면 진짜 악착같이 괴롭히고 다녔다. 하지만 학교에서는 학생이라는 이유로 언제나 모른 척했나.

"장난하는 것도 아니고."

노형진은 그걸 보다가 슬쩍 몸을 감췄다. 고등학생이 하는 짓이라고 보기에는 과할 정도로 그는 돈을 빼앗고 구타를 일삼았다. 다만 철저하게 아랫놈들을 깔아 놔서 주변에서 선생님이 그를 확인하기는 힘들었다. 당장 자신이 그걸 볼 수 있는 것도 먼 곳에서 망원경으로 그를 살피고 있었기 때문이다.

"저걸 어떻게 엿 먹이지?"

선생님을 불러오자니 그는 주변에 자기 아랫놈들을 쫙 깔아 놔서 선생님이 나타나면 무조건 튀었다. 설사 걸린다고 해도 지금 시대의 분위기상 학생들끼리 싸운 거라고 끝내고 말 것이 뻔했다. 학교 폭력이 사회문제가 되는 것은 먼 미래의 일이다. 꿈이 아니라 현실이라면 말이다. 그리고 그렇게 문제가 되었음에도 불구하고 학교는 철저하게 쉬쉬하면서 문제를 감추기에 급급했다.

"어쩐다."

악순환이다. 저렇게 빼앗은 돈은 누나를 위해 펑펑 써 댈 것이고, 결국 누나는 그에게 푹 빠져 버릴 것이다.

"저 녀석을…… 누나한테서 떨구는 방법이……."

그렇게 바라보던 노형진은 뉘엿뉘엿 지는 해를 보면서 한숨을 쉬다가 멈칫했다.

"어쩌면……."

떨어지는 해를 보는 순간 왠지 좋은 생각이 나는 듯했다.

"흐흐흐."

그다음부터 노형진의 인생이 달라졌다. 물론 아예 포기한 것은 아니다. 과거에는 학교가 끝나면 야간 자율 학습도 하고 학원에도 가는 등 뻔한 삶을 살았다면 지금은 조금은 다른 모습이었다. 즉, 학교가 끝나기 무섭게 고등학교로 뛰어가게 되었던 것이다.

"아버지의 쓸데없는 취미가 이렇게 도움이 될 줄이야."

그의 아버지에게는 쓸데없는 취미가 많다. 정확하게는 뭐에 꽂혀서 그걸 집중적으로 파다가 관심이 식으면 내팽개친다. 그리고 그중에는 사진도 있었다.

위잉.

최신 DSLR 카메라로 동영상을 찍으면서 형진은 피식 웃었다. 지난 한 달간 알면서도 모른 척하며 끊임없이 따라다녔다. 그렇게 함으로써 그에게 필요한 모든 것을 준비할 수 있었다. 이제는 슬슬 전면으로 나설 때였다.

⚖️

"누구?"

집으로 가던 박광석은 자신의 앞을 가로막는 노형진을 멍하니 바라보았다.

"박광석 형이죠?"

"누구냐, 넌?"

척 봐도 중학교 교복을 입고 있으니 일단은 안심하는 그였다.

"조혁우 일 때문에 왔는데요."

"조혁우?"

그 말에 자신도 모르게 부르르 떠는 박광석. 얼마나 괴롭힘을 당했는지 이름만 들어도 자신도 모르게 공포감이 들 정도였다.

"아, 그 녀석에게 부탁받고 온 건 아니에요. 정확하게 말하면 난 그 녀석이 싫어요."

"싫다고?"

"네, 자기 주제도 모르고 우리 누나한테 찜쩍거리잖아요."

"누나?"

"아실걸요, 노현아라고?"

"아……."

그 말에 왠지 씁쓸한 얼굴이 되는 박광석이었다. 그도 그럴 것이, 조혁우가 자신을 쥐 잡듯이 잡으려고 하는 이유가 노현아에게 러브 레터를 보냈다는 것 때문이었다. 자신이 작업 중인 여자한테 관심을 보였다고 말이다. 물론 노현아가 말한 건 아니다. 하지만 그 러브 레터를 노현아의 서랍에 넣는 것을 그의 아랫놈 중 한 명이 본 것이다.

"난 솔직히 누나의 짝으로는 그런 멍청한 새끼보다 형이 더 나을 것 같아요."

"난 부족하지."

'부족할 리가 없죠.'

검사 출신으로 차세대 검찰을 이끌 인재 중 톱에 들어가게 될 사람이다. 아무리 망해도 최소한 지역 검찰청장은 할 정도로, 그는 실력과 인품, 인맥 등 모든 면에서 완벽하게 자기를 관리했다. 다만 학교 폭력에 관해서만 관용을 베풀지 않았다는 게 문제지.

"그런데도 누나를 아직도 좋아해요?"

"뭐, 아니라고 하면 거짓말이겠지."

사람 마음이라는 게 그렇게 쉽게 식는 게 아니니 말이다. 그 말에 노형진은 씩 웃었다.

"그럼 누나랑 한번 만나 보고 싶지 않아요?"

"어떻게? 지금도 조혁우 저 녀석이 나만 보면 죽이려고 달려드는데."

"저 녀석이야 한 방에 보내 버리면 그만이죠."

"난 싸울 줄 몰라."

박광석은 노형진과 같은 타입이었다. 검사가 될 때까지 익힌 호신술이라고는 초등학교 때 배운 태권도가 다였다.

"그거야 몸으로 싸우는 거죠. 서나 평식이 덩은 몸이 아니라 이걸로 싸워야지요."

자신의 머리를 톡톡 치는 노형진.

"머리로?"

"네."

"뭔 수로? 머리를 쓰는 건 전쟁터에서 작전을 짤 때나 가능한 거잖아."

"원래 이 세상은 전쟁터라구요."

"이 세상은 전쟁터라……."

"제게 방법이 있는데 한번 들어 보시겠어요?"

"방법?"

"네, 물론 광석이 형이 당분간은 힘들어질 수도 있어요. 뭐, 당연히 힘들겠죠. 하지만 확실하게 그 녀석을 처리할 수 있어요."

"방법이 뭔데?"

"뭐냐 하면……."

노형진은 차근차근 말을 꺼냈고 머리 좋은 박광석은 그 작전이 뭔지 알아들을 수 있었다.

"좋은데? 이런 방법은 어떻게 안 거야?"

"그냥 꿈에서 알려 줬다고 생각하세요."

"꿈에서?"

"네, 그런 게 있어요, 후후후."

노형진은 박광석을 보면서 씩 웃었다.

쓰레기는 쓰레기통에

　그다음부터 박광석은 노형진의 말에 따라 움직이기 시작했다. 아니, 노형진의 작전에 따라서 철저하게 함정을 파기 시작한 것이었다.

　"이 새끼야, 미쳤냐? 2주째 돈을 안 가지고 와?"

　주먹을 맞고 바닥을 나뒹구는 박광석. 하지만 그는 억울한 듯 조혁우를 바라봤다.

　"더 이상 돈이 없다고! 한두 푼도 아니고 어떻게 매주 5만 원씩 주냐! 벌써 내가 너한테 준 돈이 얼만데? 벌써 500만 원이 넘었어!"

　"개소리하네. 뭐가 그렇게 많아?"

　조혁우는 어이없다는 듯 말했지만 옆에 있던 놈은 고개를 끄덕거렸다.

"그 정도 되기는 해."

"뭐?"

"한 번에 최소 5만 원, 많으면 10만 원씩 받았잖아. 500만 이 아니라 600만 원 정도는 될걸?"

"그런가?"

"1학년 때 만나서부터 시작했으니 뭐, 짭짤했지."

"그래서 뭐? 그만큼 줬으니 그만 주고 싶다 이거야?"

"그래."

"조까, 이 씨발 새끼야!"

"컥!"

발길질에 바닥을 나뒹구는 박광석이었다. 그런 박광석을 조혁우는 다른 애들과 함께 가서 마구 발로 차기 시작했다.

"이 새끼가 요즘 풀어 줬더니 미쳤나? 우리 지존파에 개겨?"

"지존파는 개뿔."

"뭐? 이게 미쳤구나! 우리 조직원이 스무 명이야, 이 씨발 놈아! 너 같은 새끼 하나 처리하는 데는 충분하다고!"

"커헉!"

마지막으로 발길질을 하면서 그의 얼굴에 침을 뱉는 조혁 우였다.

"퉤! 좆같은 새끼 같으니라고. 안 되겠다. 너, 다음 주부터 10만 원이다. 안 가지고 오면 너희 집에 쳐들어가서 너희 가족들을 다 조져 버리고 너희 엄마는 돌림빵 할 테니까 그렇게 알아."

그렇게 말한 조혁우는 친구들과 낄낄거리면서 멀어져 갔다. 힘겹게 일어나는 박광석의 얼굴은 겉으로는 먼지와 눈물로 가득했지만 눈에서는 분노가 넘실거렸다.

"기다려라, 조혁우. 이 짓도 얼마 안 남았다."

⚖

"선생님, 도와주세요."

박광석은 선생님에게 도움을 청했다. 그러나 선생님의 반응은 언제나 똑같았다.

"얼마 안 남았잖니. 조금만 참아. 어차피 졸업하면 안 볼 애들이야."

"아직도 1년 반이나 남았습니다."

"그 정도는 순식간에 지나간단다."

"하지만 죽겠다구요."

"원래 인생은 힘든 거야."

"하지만 벌써 600만 원이나 빼앗겼고, 벌써 지존파라는 조직을 만들어서 조폭 생활하고 있는데……."

"그거야 알지. 뭐, 자기들끼리 조폭이라고 뭉쳐 다니는 건 알지만 솔직히 그냥 애들이 만든 거잖아. 얼마나 가겠니."

"선생님, 제발……."

"하아, 난 모르겠다. 너도 내 제자지만 그 애도 내 제자다. 내가 그 애를 처벌하면 가슴 아프잖아. 그 애 부모님도 가슴이 아플 테고."

"저는요?"

"그러니까 네가 조금만 참아 주렴. 여러 사람이 힘든 것보다는 한 사람이 참는 게 더 좋지 않겠니?"

결국 자기 편한 대로 변명하는 선생님의 말에 박광석은 고개를 푹 숙이고 교무실 바깥으로 나왔다. 아무리 봐도 그는 박광석을 도와줄 생각이 없어 보였다. 아니, 예상하고 있었다. 한두 번 이야기해 본 것이 아니었기 때문이다. 그러나 그때마다 선생이라는 작자는 저런 비슷한 말로 광석을 쫓아낼 뿐이었다.

그가 그렇게 힘없이 학교를 나오자 그를 따라오는 그림자가 있었다. 그 그림자는 그가 어두운 곳으로 들어가자 그의 앞에 모습을 드러냈다.

"어때?"

"네 말대로야."

"하긴, 뻔하지."

광석의 반응을 보고 노형진은 무슨 말이 있었는지 예상하고 있었다는 듯 고개를 저었다. 선생들의 반응은 예나 지금이나, 심지어 미래에도 똑같았다. 자기가 책임지지 않으려고

만 급급할 뿐이었다.

"그런데 이렇게까지 해도 되는 거야?"

"안 그러면? 어떻게 벗어날 거야?"

"……."

노형진의 말마따나 이렇게까지 하지 않으면 자신이 벗어날 길은 보이지 않았다.

"그리고 우리 누나랑 제대로 만나 보고 싶지 않아? 확실한 모습을 보여 줘야 누나한테 어필하지."

"그건 그렇지."

자신이 차인 이유를 예상하지 못한 건 아니다. 있는 듯 없는 듯 조용히 지내는 상황인 데다가 딱히 자신을 어필한 적도 없이 달랑 편지 하나만 보냈으니 말이다.

"그러니까 조금만 참아. 선생치럼 엿 끝은 소리가 아니라 확실한 방법이 있잖아."

"그렇지."

박광석은 마음을 독하게 먹었다. 이 짓도 얼마 가지 않을 거라는 것을 그는 느끼고 있었다.

⚖️

"보호 요청?"

"네."

경찰은 짜증 나는 얼굴이 되었다.

"우리도 바쁘다. 장난치지 말고 가라."

"진짜라구요. 목숨을 위협받고 있어요."

"아, 애새끼가 별거 아닌 거 가지고."

"어이, 김 순경, 뭔데?"

파출소에 간 박광석은 신고와 더불어 보호 요청을 했지만 경찰은 귀찮다는 투였다.

"아, 별거 아니에요. 애들끼리 싸운 거 가지고 그러네요."

"거참, 꼬마야, 별거 아닌 거 가지고 그러지 마라. 우리 경찰 아저씨들은 바빠요."

"진짜로 두들겨 맞고 돈을 빼앗기고 있는데요?"

"그건 경찰이 아니라 선생님이나 부모님한테 말해야지."

"했어요. 그래도 모른 척하세요."

그 말에 짜증 나는 얼굴이 되는 경찰이었다. 부모나 선생에게 말했는데도 무시할 정도면 아무리 봐도 그저 애들끼리 투닥거리는 정도로밖에 생각되지 않았기 때문이다.

"이거 참, 얌마, 꺼지라고. 우리도 바쁘거든!"

"저 지금 정식으로 신고하는 건데……."

"야, 선생님한테 말해. 선생님한테 말 안 하면 너, 공무 집행 방해로 확 처넣는다."

"네?"

"그러니까 가라."

짜증을 부리면서 박광석을 쫓아내는 경찰들. 박광석은 나오면서 고개를 흔들었다.

"거봐."

문 바깥에서 기다리던 노형진은 피식 웃었다. 자신이 예상한 반응이었기 때문이다. 하긴, 이 시대 경찰이라는 게 뇌물이나 바라지, 일은 제대로 안 했다. 뭐, 미래라고 바뀐 건 없지만 말이다.

"이쯤이면 된 것 같지?"

"아니, 아직 하나 남았어."

"하나 남았다고?"

"그래, 그거 하나면 모든 것은 끝이야."

⚖

"이 개새끼, 아직도 정신을 못 차렸구나."

조혁우는 자신을 따라다니는 세 명을 데리고 박광석의 집으로 향했다. 또다시 선생에게 고자질한 덕분에 자신이 한 소리를 들었던 것이다. 더군다나 경찰서에서 전화가 왔다며 좀 조용히 살라고 한 걸 보니 경찰서까지 찾아간 모양이다.

"오늘 아주 조져 버려야지."

그는 다짜고짜 박광석의 집으로 들이닥쳤다. 그 후환이 두려운 건지 벌써 사흘째 학교에 안 오고 있었기 때문이다.

딩동.

"누구세요?"

인터폰 너머로 들리는 목소리. 박광석이었다.

"이 씨발 새끼야, 문 안 열어?"

"……."

"안 열어? 안 열면 뒈진다."

철컥.

그러나 들리는 것은 철컥하고 인터폰을 끊어 버리는 소리였다. 그리고 당연하게도 문은 안 열렸다.

"이 씨발 놈을 봤나."

조혁우의 눈이 뒤집혔다. 자신을 무시했다고 생각한 것이다.

"어쩌지?"

"어쩌긴! 넘어가서 저 새끼를 조져 놔야지!"

"어떻게? 문을 안 열어 주는데?"

"누가 문으로 들어간대? 야, 엎드려!"

한 명이 엎드리자 그를 발판으로 삼아 담을 넘어간 그들은 집으로 다가갔다.

"으흑!"

"이 개새끼야, 넌 오늘 뒈졌다."

하지만 박광석은 재빨리 커튼을 치고 문을 잠가 버렸다.

"이 새끼 봐라? 야, 창문 깨!"

와장창!

유리창을 깨트리고 그 안으로 들어가는 무리. 그들은 박광석을 보고는 마구 밟아 대기 시작했다.

"이 씨발 새끼, 담임한테 나불거려? 넌 오늘 뒈졌다고 복창해라."

마구 박광석을 때리는 그때였다.

애애앵!

저 멀리 들리는 사이렌 소리에 그들은 멈칫했다.

"이런, 썅."

"어쩌지?"

"일단 가자."

이쪽으로 오는 게 아닐지도 모르지만 자신들이 담을 넘은 것을 누군가 보았을 수도 있다. 그렇게 되면 문제가 커진다.

"너 이 새끼, 넌 내가 언젠가 조져 버린다."

마지막에 침을 탁 뱉고 나가 버리는 조혁우. 그가 나가자 웅크리고 있던 박광석이 일어났다. 그런데 그동안의 얼굴과는 많이 달랐다. 뭔지 모르게 후련한 느낌이랄까? 물론 맞는 것에서 기쁨을 느끼는 사디스트가 된 것은 아니었다.

"여보세요."

그는 전화기를 들어서 누군가와 통화했다.

"그래, 확실하지? 알았다. 이제 마무리 지어야지."

전화를 끊은 그는 방 안에서 야구 배트 하나를 들고 나왔다.

"엄마가 속 좀 쓰리겠는데?"

그렇게 말하는 그는 사정없이 집 안의 세간살이를 박살 내기 시작했다.

⚖

당연하게도 박광석의 부모님은 오자마자 노발대발하기 시작했다. 집에 와 보니 텔레비전부터 유리창, 세탁기, 전자레인지까지 온갖 세간살이가 다 박살 나 있었으니 말이다. 그리고 자초지종을 들었을 때 부모님의 머리끝까지 분노가 치밀어 올랐다.

"당장 학교로 가자."

그냥 넘어갈 수 없다면서 당장 학교로 가자는 그의 부모님. 하지만 함께 있던 노형진은 그런 두 사람을 말렸다.

"가 봐야 학교에서 대충 사과시키고 무마할 거예요."

"그걸 어떻게 알아?"

"광석이 형이 선생님한테 말을 안 해 봤겠어요?"

"뭐라고? 이익!"

그의 아버지의 눈에서는 결국 피눈물이 흘렀다. 자신의 자식이 그런 꼴을 당하고 있을 거라고는 생각하지 못했기 때문이다.

"그래서 어쩌자는 거냐? 또 참자는 거냐?"

"아니요, 참을 이유가 없죠. 저랑 광석이 형이 이렇게 될

걸 예상하고 있었기 때문에 모든 준비를 끝내 놨어요."

"모든 준비?"

"네, 다만 저희는 미성년자라서 법적인 자격이 없기 때문에 부모님의 힘이 필요해요."

"말만 해라. 무슨 짓이든 다 하마."

필요하다면 그 녀석들을 죽여 버릴 생각까지 하는 아버지였다. 그러나 그럴 필요까지는 없었다.

"뭐, 그렇게 화내실 필요는 없어요. 그 녀석들이 볼 지옥은 이것보다 더할 테니까."

⚖️

다음 날, 검찰청에 부모님과 빅팡식과 노형신이 찾아갔다.

"무슨 일입니까?"

"고소를 하려고 합니다."

"고소는 경찰에 하셔도 됩니다만."

"하지만 검찰에서 해도 되죠."

그 말에 약간 짜증 나는 얼굴이 되는 접수원이었다. 그럴 수밖에 없는 게 경찰에서는 고소가 들어오면 알아서 걸러서 보내 주지만 검찰은 무조건 수사 개시를 명령하는 수밖에 없으니 일이 늘어나기 때문이다.

"뭡니까? 애들끼리 싸운 거예요?"

애들이 있는 걸 보고 단순하게 생각한 그였다. 그러나.

"주거침입 및 재물 손괴. 그리고 폭력 조직 구성에 관한 법률 위반, 특수 강도 및 특정범죄가중처벌법 위반, 협박, 특수폭행 및 가중 처벌법 위반입니다."

"네?"

줄줄이 나오는 무시무시한 법률 용어에 접수원은 당황했다. 그럴 수밖에 없는 게, 그 법들은 상당한 강력 범죄에 속하기 때문이다.

"지금 장난하시는……."

"장난 아닙니다. 여기 증거."

한 박스에 가까운 서류를 내려놓는 아버지. 그걸 검토하던 접수관은 묘한 표정이 되었다. 그의 업무는 단순한 접수일 뿐이지만 그런 그가 보기에도 이 증거들은 빼도 박도 못할 정도로 확실한 것들이었기 때문이다. 사진과 녹취 자료에, 유전자 검사를 위한 샘플까지 있었던 것이다.

"크흠, 알겠습니다. 연락드릴 테니 가서 기다리세요."

"아, 더 있습니다."

"더 있다니요?"

"여기 업무상 배임에 관한 고발입니다."

"대상이…… 경찰이네요?"

"네."

멍하니 그들을 바라보는 접수 담당자를 보던 박광석과 노형진은 서로를 보면서 씩 웃었다. 드디어 복수의 피날레가 시작되었다.

$$\triangle\!\!\!\Delta$$

"이런, 쌰앙!"

조혁우의 집은 완전히 난리가 났다. 다짜고짜 경찰서에서 출두하라고 한 데다 듣기에도 무시무시한 법률 위반으로 조사까지 당했기 때문이다.

"이 씨발 새끼."

노형진은 지난 한 달간 끊임없이 따라다니면서 몰래 증거를 모았다. 심지어 당사자인 박광석조차 모를 정도로 말이다. 증거가 충분해지자 그는 그걸 가지고 박광석을 설득했고 모든 준비를 끝낸 상태로 고발한 것이다.

"어쩌지?"

"어쩌긴, 쌍…… 그 새끼를 조져 버려야지."

주거침입 및 재물 손괴는 당연히 성립된다. 담을 넘어가는 장면과 유리창을 깨고 들어가는 장면을 노형진이 바깥에서 찍었기 때문이다. 물론 내부 파손은 광석이 한 것이지만 그걸 증명할 방법은 없다. 누가 봐도 쳐들어간 것은 조혁우 패거리니까. 폭력 조직 구성에 관한 법률은 스스로 지존파라는 조직을 결성했다고 한 것이 녹음되어 있으니 빼도 박도 못한다. 특수 강도 및 특정범죄가중처벌법 위반이라는 것은 다수의 인원이 강도질할 때 성립한다. 그런데 조혁우는 명백하게 박광석의 돈을 빼앗았고 그 금액이 600만 원에 달하는 데다 그걸 인정하는 녹음까지 있으니 100% 성립한다.

특정범죄가중처벌법 위반은 특수한 경우에 처벌이 강화되는 것을 뜻하는데 3인 이상의 다수가 위협적인 무기를 이용하여 일몰 후 폭행 및 강도 행위를 하면 더 강하게 처벌하는 규정이다.

문제는 이들은 언제나 네 명이서 몰려다녔으며 대걸레나 담배 등 위협적인 물건으로 폭행한 것도 사진으로 찍혔고 강도 행위는 빼도 박도 못하니 성립할 수밖에 없다는 것이다.

"야, 가자!"

"어딜?"

"그 새끼 조지러!"

부모님이 뭐라고 하든 바깥으로 뛰쳐나온 녀석들은 무작정 박광석을 찾아다니기 시작했다. 그리고 얼마 지나지 않아서 그를 찾아낼 수 있었다.

"너 이 새끼, 네가 미쳤구나."

"놔!"

"놔? 넌 오늘 뒈졌다."

"놓으라고!"

"야, 끌고 가!"

강제로 박광석을 뒷산으로 끌고 간 그들은 박광석을 마구 두들겨 패기 시작했다.

"날 고소해? 너 오늘 뒈졌다. 살아서 돌아갈 생각 하지 마, 이 씨발 새끼야."

"크헉!"

"일단 이 새끼가 도망가지 못하게 손발부터 끊어 놓고 시작하자."

드드륵, 커터 칼을 꺼내 드는 조혁우. 그러나 그런 그들의 목표는 이루어지지 않았다.

"손 들어! 꼼짝 마!"

등 뒤에서 들린 소리에 그들이 고개를 돌렸을 때, 거기에는 시퍼런 총구가 자신을 노리고 있었다.

"으헉!"

경찰들이었다. 그들이 자신들을 포위하고 있었던 것이다.

"어, 어떻게……."

"그거야…… 이거지."

쿨럭거리면서 자리에서 일어나는 박광석. 그는 품 안에서 핸드폰을 꺼내 들었다. 거기에는 119가 연결된 채로 중계되고 있었다.

"이런, 쌍……."

"욕해도 좋아. 너네 상황은 욕이 나올 만한 상황이니까."

박광석은 승리의 미소를 지으면서 네 사람을 비웃었다. 드디어 자신이 저 녀석들에게서 승리를 거둔 것이다.

"어쩌실래요?"

같은 시각, 노형진은 박광석의 담임선생님을 만나고 있었다. 그는 박광석이 녹음했던 녹음 파일을 끄면서 새파랗게 질린 담임의 얼굴을 바라보았다.

"으음."

"지금 선생님이 저지른 일을 다시 한 번 말씀드릴까요? 학생의 도움을 거절했으니 업무상 배임, 폭력 조직의 활동을 방치하고 그들의 범죄행위를 눈감아 줬으니 강도의 종범. 고발 사항을 범죄자에게 알려 줬으니 개인 정보 보호법 위반. 더 말해 드릴까요?"

그 말에 담임은 얼굴이 창백해졌다. 안 그래도 박광석이 작심하고 증거를 모아서 고발한 바람에 어떻게 수습할 수도 없이 일이 터져서 학교가 발칵 뒤집혔다. 이 상황에서 선생까지 방조와 강도의 종범으로 들어가게 된다면 학교 명예 정도가 아니라 당연 감사는 들어올 테니 자신은 100% 잘릴 테고 재수 없으면 감방에 갈 수도 있다.

"요구하는 게 뭐야?"

"별거 아닙니다. 사실대로 말하기."

"사실대로?"

"뭐, 이 바닥이야 뻔하잖습니까? 학생이 잡혀 들어갔으니 학교 차원에서 대대적으로 탄원서를 써 주겠죠."

학교의 이런 행동은 너무나 흔하다. 가해자를 용서해 달라고 알지도 못했던 아이들의 이름으로 탄원서를 의무 제출하도록 하는 것이다. 물론 피해자에게는 관심도 없었다.

"하지만 탄원서 정도는……."

"싫으면 이걸 까발리고요. 그나저나 이거 까발리면 선생님을 위한 탄원서도 써 줄까요?"

"……."

말을 못 하는 순간 전화기가 울렸고 노형진은 그 전화를 받았다. 그러고는 다음 순간 입가에 미소가 떠올랐다.

"아. 탄원서를 써 주셔도 될 것 같네요. 마음 바꿨습니다. 그냥 고발할게요."

"잠깐…… 잠깐 기다려! 그럴 필요가 있느냐!"

"없죠. 방금 조혁우라는 녀석, 살인미수의 현행범으로 잡혔거든요. 광석이 형을 죽이려다가 경찰에 잡혔대요."

"헉!"

살인미수가 되면 전혀 다른 문제가 된다. 탄원서 따위는 의미가 없어진다.

"그동안 선생질하느라 수고하셨습니다. 다음번에는 감방에서 뵙겠네요. 면회 가라고 형한테 말할게요."

"잠깐! 잠깐! 기다려! 탄원서 안 쓰마!"

"에이, 의미가 없는 거 써 봐야 소용없거든요."

"자, 잠깐 그러지 말고…… 방법을 이야기해 보자, 제발……."

이제는 읍소까지 하는 선생님. 그 말에 노형진은 털썩 주저앉았다.

"그러면 이렇게 하시면 됩니다."

"어떻게?"

"피해 학생들을 모아서 개별적으로 고소할 것."

"그러면 되는 거냐?"

"네."

"알았다."

"후후후."

그는 간단하게 생각했지만 그게 얼마만큼의 위력을 불러올지에 대해서는 예상하지 못했다.

⚖

시원한 아이스크림을 먹으면서 박광석과 노형진은 유리벽 너머의 사람들을 바라보았다. 언론에서 시끄럽게 구는 것과 다르게 사람들은 오늘도 바쁘게 움직일 뿐이었다.

"그나저나 조혁우는 어떻게 될까?"

"못해도 10년 안에는 못 나와."

"그 정도야?"

"그 정도지."

특수폭행. 특수 강도. 주거침입에 재물 손괴. 거기에 보복 폭력에 납치 및 살인미수. 전부 그에게 붙은 죄목들이다. 어리다고 봐줄 수 있는 수준이 아닌 것이다.

"더군다나 학교에서 한꺼번에 고발했으니까."

법이라는 게 참 웃기다. 가령 학교 폭력을 당한 사람이 맞았다고 경찰에 신고하면 경찰은 단순 폭행으로 처리한다. 귀찮기 때문이다. 하지만 학교 내에서의 대부분의 폭행은 단순 폭행이 아니라 특수 폭행이다. 왜냐하면 소위 일진이라는 녀석들은 몰려다니는 데다가 대걸레나 커터 칼을 소지하고 위협하거나 야간에 때리는 경우가 많기 때문이다.

그럼에도 불구하고 경찰이 단순 폭행으로 처벌하는 건 부모님들이 몰라서였다. 정확한 죄목이 없이 고소가 들어오면 죄목은 경찰이 붙이기 마련이다. 하지만 노형진이 했던 방식처럼 정확하게 죄목을 특정해서 고소하면 경찰은 해당 범죄에 대해서 특정 수사를 해야 하고 그렇게 되면 좋게 좋게 해결한다는 게 성립되지 않는다. 강력 범죄로 특정되기 때문이다.

"아마도 15년은 넘지 않을까?"

"20년?"

"그래, 각 건마다 고소했으니까."

가령 학교에서 돈을 빼앗긴 학생이 쉰 명일 경우, 그 쉰 명이 한꺼번에 고소를 넣으면 법원에서 재판할 때는 한 건으로 묶어서 대략 3년 정도의 형량이 나올 수 있다. 그러나 원칙적으로는 각각의 범죄는 다 피해자가 각각 다르므로 각각의 고소를 진행해야 한다. 그렇게 되면 건당 형량은 4개월 정도로 짧지만 쉰 명이므로 200개월이 된다. 물론 이는 산술적인 것이니 법원에서 자의적으로 묶어서 처벌하여 그리 터무니없게 높은 형량을 주진 않지만, 어느 쪽이든 처벌은 더 강력해진다. 물론 손해배상은 별개다.

"일진들은 어때?"

"아주 작살났지, 뭐."

언론에서는 악착같이 경찰을 물어뜯었다. 경찰에 신고했는데 경찰이 접수를 거부하는 바람에 보복 폭행에 살인 위협까지 받았기 때문이다. 제대로 욕먹은 경찰은 이 잡듯이 뒤져서 학교 내의 일진들을 모조리 구속했다.

"근데 학교도 그렇고 선생님도 그렇고, 노린 거냐?"

"응."

"징한 놈."

"뭐, 누구한테 배운 거지."

"누구?"

차마 노형진은 형이라고 말할 수가 없었다. 이 방법으로 학교 일진뿐 아니라 학교까지 날려 버리던 게 '학교 폭력 킬러'인 박광석의 주요 방법이었기 때문이다.

"그나저나 올 때가 된 것 같은데?"

"올 때가? 누가 오는데?"

"아, 저기 오네."

"누가 오는……."

박광석은 들어오는 사람을 보고 얼어붙었다.

"야, 노형진! 돈도 없으면서 왜 아이스크림을 사 먹어! 그 것도 비싼 걸."

"몰랐지. 그러니까 돈 좀."

"이 얄미운 놈아."

그러면서 지갑에서 돈을 꺼내 주는 노현아.

"안녕하세요."

자신도 모르게 인사를 건네는 박광석.

"누구세요?"

"아, 박광석이라고 합니다."

그 말에 노현아는 당황했다. 자기 자리에 러브 레터를 놨 던 사람이니 모를 리가 없었던 것이다. 물론 얼굴은 처음 보 지만 말이다. 하긴, 얼굴도 모르는 사이에 러브 레터를 주니 차일 만하다.

"인사해. 누나랑 같은 학교일걸? 광석이 형."

"안녕하세요. 노현아예요."

"왜 그렇게 어색해?"

"아, 아니야."

"그러고 보니 학년도 같네."

"하하…….."

"근데 어떻게 알고 지내는 거야? 학교도 다르잖아?"

자신도 아니고 자신의 동생과 알고 지낸다는 것이 노현아는 신기한 모양이었다.

"아, 나한테 공부 가르쳐 줬어."

"공부?"

"몰랐어? 누나네 학교 전체 수석이 이 형이야."

"그랬어?"

왠지 초롱초롱 눈을 빛내는 그녀였다.

"그러고 보니 이번에 일진을 타파했다고 언론에 유명한 사람도 이 형이지. 그 기사 제목이 뭐더라? 군자의 복수는 10년도 이르다던가?"

"야야."

하도 낯 뜨거운 말이었기 때문에 박광석은 애써 손을 흔들었다.

"뭐, 기자들의 말로는 미래의 대법관이라고 하던데."

그 말에 더욱 눈을 빛내는 누나를 보면서 노형진은 자리에서 일어났다.

"나 먼저 간다."

자리를 털고 일어나는 노형진이었다.

엉겁결에 자신을 따라 나온 누나의 얼굴에는 후회하는 표정이 가득했다. 그러고는 집에 오자마자 침대 옆에 있던 쓰레기통을 뒤졌다. 물론 한 달 전에 버린 게 지금까지 있을 리가 없다.

"엄마! 내 쓰레기통 비웠어?"

"당연히 비웠지."

"아악! 망했다!"

절망하는 누나를 보면서 노형진은 피식 웃었다.

"누나, 그거 옥편 사이에 있다."

"그거라니?"

"빨간 봉투."

그 말에 순간 눈이 커지는 그녀.

"그런 건 안 보이게 버려야지."

"너, 설마……."

"얼레리 꼴레리."

"너 이따가 두고 보자."

"평생 놀려 먹을 거다."

방으로 후다닥 뛰어가는 그녀를 보면서 형진은 마지막 남은 아이스크림을 날름 삼켰다.

"아, 평화롭다."

왠지 행복한 기분이었다.

과거의 기억들

"꿈이 아닌 것 같기는 한데."

그동안 일어났던 일을 생각하면 자신이 겪었던 일, 즉 미래는 꿈이 아닌 듯했다.

"그나저나 그렇다면 왜 내가 다시 살아난 거지?"

분명 무참하게 살해당했다. 그런데 왜 살아났을까?

"모르겠군."

하지만 확실한 것은 그가 살아났다는 것과 그로 인해 미래가 바뀔 거라는 사실이다.

"일단 하나는 바뀐 것 같고."

밤마다 문자를 주고받는 걸 보니 잘되어 가고 있는 것 같다. 몰래 한다고 하지만 같은 방을 쓰고 2층 침대를 쓰다 보니 문자가 올 때마다 울리는 소리를 다 들을 수밖에 없었던 것이다.

"뭐, 그런 일은 안 일어나겠지."

원래 매형이 될 녀석이었던 쓰레기 놈은 감방으로 가서 못해도 10년은 살다 나올 테니 누나가 그런 비참한 최후를 다시 맞지 않을 가능성이 높다.

"문제는 난데."

어찌 되었든 되살아났으니 전처럼 허무하게 죽고 싶은 생각은 없다. 물론 자기가 잘하는 건 변호사 일이니 그걸 하면 된다. 문제는 시간이다.

"허송세월하고 싶지 않은데."

학교. 그가 다녀야 하는 곳. 아니, 모든 학생들이 다닐 수밖에 없는 곳. 그러나 현재의 노형진에게 학교란 그다지 쓸모 있는 곳이 아니었다.

"딱히 만나야 하는 인연이 있는 것도 아니고."

공부만 파고들었던 탓에 딱히 꼭 알아야 할 만큼 성공하거나 중요한 사람을 만난 것도 아니었다. 그럼에도 불구하고 아직도 중학교 1년, 고등학교 3년, 대학교 4년, 거기에 사법연수원 2년, 군대 2년이 남은 상태다.

"문제군."

하지만 현행법 체계상 어쩔 수 없는 일이기에 그는 한숨을 쉴 수밖에 없었다.

"그냥 시간을 보내야 하나……."

어쩌면 그래야 할지도 모른다. 아니, 그래야 했다.

그렇게 생각하던 상황에서 반전은 난데없이 나타났다.

"왜 학교를 안 가는 거냐?"

"네?"

"담임에게서 연락이 왔다. 요즘 학교에서 수업이 끝나자
마자 도망간다고 하더구나. 자율 학습도 안 하고, 심지어 학
원에서도 지난달에는 거의 안 왔다고 그러더구나."

'아······.'

생각지도 못한 일. 그건 바로 학교와 학원이었다. 박광석의
문제를 해결하느라고 빠진 것이 생각보다 티가 난 모양이다.

"도대체 왜 그러는지 듣고 싶구나."

노형진의 부모님은 다른 부모님처럼 일단 두들겨 패거나
화부터 내고 보는 사람이 아니었다. 지금도 보니 일단 사정
을 들어 보고 결정하고 싶은 모양이었다.

"그게······."

노형진은 고민에 빠졌다. 당장 박광석의 문제를 말할 순 없
다. 그 얘기를 꺼내려면 자신이 다시 살아났다고 해야 하는
데, 그 말을 하면 정신병원에 끌려가게 될 가능성이 더 높다.

'어쩐다······.'

고민하던 그는 문득 좋은 생각을 해냈다. 허무맹랑하게 들릴지도 모르지만 어찌 보면 시간을 줄일 기회일 수도 있다.

"학교에서 배울 것이 없어서요."

"배울 것이 없다?"

약간은 화난 듯한 아버지의 얼굴. 그런 식으로 말하는 녀석치고 제대로 된 녀석이 없었기 때문이다.

"물론 학교에서 가르치는 지식이 죽은 지식이라서 인생에 도움이 안 된다는 것과 같은 소리를 하는 게 아닙니다. 제가 말한 배울 게 없다는 건, 말 그대로 그곳에서 주는 지식이 저에게는 더 이상 의미가 없다는 겁니다."

"그 말인즉슨 네가 봤을 때 수업하는 모든 사항을 알고 있다는 것이냐?"

"알고 있는 정도가 아니라 훨씬 잘 공부할 수 있다는 거죠."

"훨씬?"

"네."

이해할 수 없는 부모님의 얼굴이었다.

"솔직히 학교에서 선생님들이 알려 주시는 건 다 알고 있습니다. 그걸 다시 배우기 위해서 가는 것은 의미가 없다고 생각합니다."

"제법 당돌하구나."

자신의 아들이 똑똑한 것은 알고 있었지만 이 정도로 자신 있게 말하는 경우는 드물었기 때문에 부모님들은 고개를 갸웃할 수밖에 없었다.

"그래서 넌 어쩌고 싶은 게냐?"

"법률을 공부하고 싶습니다."

"법률을?"

"네."

즉흥적으로 말한 것이지만 말하다 보니 충분히 제대로 된 계획이 세워졌다.

'정해진 규칙을 따르라는 법은 없지.'

일단 중학교와 고등학교는 그에게 있어서 필요한 시간이 아니다. 꼭 잡아야 할 만큼 성공한 놈도 없었고, 그런 존재가 생각날 경우에는 따로 만나면 그만이다. 그가 봤을 때 현재 중학교와 고등학교 수업은 죽어 버린 지식이다. 살아가는 데 있어서 하등 도움이 안 되는 지식.

'중하교의 고등학교를 패스하자. 그러면 시간을 벌 수 있다.'

지금 다니는 학교를 검정고시로 패스한다면 정확하게 4년을 벌 수 있다. 그리고 고등학교 검정고시에 통과하면 대학에 입학할 수 있는 자격시험을 볼 수 있다.

'아니야. 대학…… 역시 통과. 목표는 사법시험이니까.'

사람들은 대학을 다녀야 사법시험을 볼 수 있다고 착각하지만 사실 사법시험은 법률 과목을 35학점 이상 들으면 볼 수 있다. 물론 일반적인 법률 과목은 대학에서 가르치는 게 맞지만 학점 은행이라 해서 학원에서 가르치는 것도 학점으로 인정해 준다. 그렇다면 1년이면 그 35학점을 받을 수 있다.

'남은 중학교 1년과 고등학교 3년, 대학 4년을 빼고.'

8년의 시간을 절약하는 것이다. 넉넉하게 잡아서 법률 과목 수강 시간 1년과 기타 공부 시간 1년을 잡아도 무려 6년이라는 시간을 아끼게 된다. 하지만 아버지의 생각은 달랐던 모양이다.

"혹시 누가 괴롭히는 거냐?"

역시나 요즘 박광석 문제로 언론이 시끄럽자 일단 걱정되는 것이 그 점인 부모님이었다. 그러나 노형진은 그게 아니었다. 자신의 목표가 있었던 것이다. 하지만 그걸 모르는 부모님은 심각한 표정을 지었다.

"아니요, 제가 목표가 있습니다."

"목표?"

"변호사가 되고 싶습니다."

"변호사?"

"구체적인 계획은 있느냐?"

"있지요."

노형진은 자신의 계획을 차근차근 말했다. 어찌 보면 말도 안 되는 소리지만 사실 말이 되니까 하는 일이다.

'내가 풀어 본 기출문제만 몇 개인데.'

진짜 공부하면서 기출문제를 풀어 본 게 몇 개던가. 그리고 애초에 기출문제라는 것이 예전에 나왔던 문제라는 뜻인데 원래 기억에는 먼 미래에 사법시험을 봤으니 미리 나왔던 기출문제를 모를 리가 없다. 물론 주관식, 아니 논술식이 있기는 하지만 대학생 알바도 아니고 현직에서 수백억짜리 사건을 담당하던 그가 그걸 못 쓸 리가 없다.

"음."

너무나 당당한 말에 부모님은 딱히 화내지 못했다. 철이 없는 아이라면 일단 혼내고 봤겠지만 어려서부터 어른스러웠던 아이다. 더군다나 요즘 들어서 더더욱 그런 모습이 보이고 있었다.

"여보, 어쩌죠?"

"글쎄……."

하지만 당혹스럽기는 한 모양이었다. 당장 검정고시라는 것은 어려운 일은 아니었다. 문제는 학벌이다. 쓰레기 같은 삶을 살아간다면 모르겠지만 당장 취업한다고 하면 검정고시와 다르게 학교를 기대하는 사람이 더 많기 때문이다.

"무슨 걱정을 하시는지 압니다. 하기만 검정고시가 더 전대받는 것은 사회적인 폐단입니다."

"그거야 그렇지만……."

시험을 봐서 그 실력을 인정해야 자격을 갖추는 것과 개나 소나 다 다니는 의무교육을 출석 일수만 채워서 들으면 자격을 갖추는 것을 단순히 비교해도 시험 쪽이 더 실력이 우수할 수밖에 없다. 하지만 여전히 사회적으로 문제가 있어 보이면 찍히는 게 사회다. 그리고 고위 계층은 학벌이라는 걸 무시하지 못한다. 한국대, 백제대, 연합대 라인이라는 3대 라인이 한국을 꽉 잡고 있기 때문이다. 물론 고등학교는 좀 덜하지만.

"그러면 조건을 달죠."

노형진은 부모님이 고민하는 것을 보고 그렇게 말했다.

"조건?"

"수능을 보겠습니다."

"수능?"

이제 고작 중학교 2학년이다. 어떻게 수능을 본단 말인가? 수능을 치르는 데에는 고등학교 졸업 자격 이수자, 또는 그와 동등한 자격을 가진 사람만 볼 수 있다는 규정이 있는데 말이다.

"올해 안에 중학교와 고등학교 졸업 자격을 끝내겠습니다. 그러고 나서 수능까지 보죠."

"너는 고작 중학교 2학년이야."

"그렇게까지 하지 않으면 제가 학교에 다닐 의미가 없다는 사실을 인정하지 않으실 테니까요."

"그 정도로 자신이 있는 게냐?"

"수능에서 성적이 좋지 않다면 군소리 없이 고등학교에 진학하겠습니다."

그러면 맞는 말이다. 어차피 검정고시를 봐서 고등학교 졸업 자격을 땄다고 고등학교에 가지 말라는 법은 없으니까. 도리어 검정고시를 따고 난 후에 수능까지 점수가 좋다면 최소한 4년은 버는 셈이다.

"음……."

부모님들은 잠시 고민했다. 하지만 얼마 지나지 않아서 마음의 결정을 내렸다. 그렇게 한다면 자신들에게 위험부담은 없다. 솔직히 중학교 2학년의 시간도 얼마 남지 않았다. 당장 다섯 달 후가 수능이다. 그 안에 중학교 검정고시와 고등학교 검정고시, 대입까지 준비한다는 건 말도 안 된다.

'내 자식이지만 한번은 실패해 보는 것도 나쁘지 않겠지.'

어쩌면 자신에 대해 너무 확신에 차서 저러는 것일 수도 있다. 한계가 있다는 걸 알면 다시 조용히 공부할지도 모른다.

"그렇게 하거라."

아버지의 허락이 떨어지자 노형진은 씩 웃을 수 있었다.

⚖️

"지루하군."

알고 있는 것을 다시 공부한다는 것. 그건 지루하고 재미없는 일이다. 하물며 단순히 두뇌 활동을 위해서 매년 수능 문제가 공개되면 풀어 봤던 그였으니 의미 없는 수업은 고문이나 마찬가지였다.

"뭘 보냐? 수능 대수학?"

친구들은 그가 쉬는 시간에 푸는 문제집을 보고 기가 차서 혀를 찼다.

"장난해?"

"장난 아닌데?"

"근데 웬 수능?"

"그냥 올해에 보려고."

"그게 되냐?"

"안 되면 별수 없고."

"이게 더위를 먹었나?"

고작 중 2짜리 지식을 가진 사람이 수능을 본다는 건 이들에게는 말도 안 되는 소리였다.

"야, 가서 농구나 하자."

"바빠."

"자식, 바쁜 척은."

"수능 보기 전에 《수학의 정석》을 한번 쭉 봐야지."

"《수학의 정석》? 그거 고등학생용이잖아?"

"그러니까."

"미친."

"미친 거래도 바쁜 건 바쁜 거야."

"너 맘대로 하세요."

친구들이 농구하러 운동장으로 나가자 노형진은 다시 책으로 시선을 돌렸다.

얼마 지나지 않아 노형진의 그런 행동은 학교 내에 다 퍼졌다. 대다수는 미친놈 취급을 했고 심지어 선생님조차 노형진을 말릴 정도였다.

"그렇게 조급하게 생각할 게 아니다."

"급합니다."

'한시라도 빨리 준비를 해야 해.'

미리 사회에 나가서 준비하지 않는다면 똑같은 일을 당할 가능성이 높다. 더군다나 의미 없는 시간을 보내며 학교를 다니기에는 그다지 학교에 정이 있는 것도 아니었다. 언제나 공부의 효율을 주장하던 그였기에 딱히 우정이나 그런 걸 따지고 싶은 사람도 없었으니 말이다.

"하지만 벌써 소문이 파다하게 났구나. 만일 실패하기라도 하면……."

동급생들에게, 아니 전 학교에서 비웃음을 받을 것이다. 그렇게 된다면 자칫 잘못하면 왕따가 될 수도 있다.

"뭐, 그거야 제가 감당할 문제죠."

노형진의 말에 선생님조차도 고개를 흔들 수밖에 없었다.

결국 학교에서도 그가 공부하는 것을 막을 수 없었고 그는 수업을 하든 말든 수능 준비에 모든 것을 쏟았다. 성적이 떨어진다면 그걸 핑계로 강하게 뭐라고 하겠지만 성적마저 평소보다 높아져 버렸으니 누구도 뭐라고 할 수가 없었다.

⚖️

"뭐지?"

평소처럼 독서실에서 공부하던 노형진은 순간적으로 어질해지는 느낌 때문에 탁자를 잡고 일어났다.

"아무것도 없는데?"

머릿속을 훅 치고 들어오는 듯한 느낌. 그건 뭔지 모를 우울하고 절망적인 느낌이었다. 얼마나 소름이 끼치는지 집중이 안 될 정도였다.

"학생, 어디 가?"

"잠깐 쉬었다가 하려구요."

독서실을 나와 옥상으로 올라간 그는 자판기에서 콜라를 하나 꺼내 쭉 들이켰다.

"후우, 무슨 느낌이었을까?"

아무리 노형진이라고 해도 한 번에 붙는 것은 쉬운 일은 아니다. 그러다 보니 요즘 많이 집중해서 하고 있었다.

"몸이 허한가?"

그럴지도 모른다. 요즘 무리한 경향이 있으니까.

"그래, 조금만 참자. 그러면 나아지겠지."

멍하니 있던 그는 마지막 남은 콜라를 마셔 버리고는 쓰레기통을 향해서 공을 던지듯 캔으로 슛을 날렸다. 그러나 애석하게도 캔은 쓰레기통이 아닌 옆으로 떨어졌고 그걸 본 노형진은 다시 집어서 쓰레기통에 넣기 위해서 다가갔다.

"잘 좀 버리지."

그는 그 옆에서 다른 캔을 발견하고는 얼굴을 찌푸렸다.

누가 자신과 비슷한 짓을 했다가 안 들어가자 그냥 가 버린 모양이었다.

"이것도 같이 넣어야겠다."

무심결에 그 캔을 집어 드는 순간 노형진은 다시 어찔한 느낌을 받았다. 그런데 그 느낌은 아까와는 완전히 달랐다. 소름 끼치는 듯한 느낌 자체는 비슷했지만 이번에는 뭔가가 그의 머리를 스치고 지나가는 느낌이었기 때문이다.

"억!"

너무나 갑작스러운 느낌에 그걸 떨어트리는 노형진.

"뭐지? 뭐야? 방금 뭐가 보인 거야?"

순간적으로 눈, 아니 머릿속으로 스치고 지나간 영상. 그 안에 보이는 낯선 사람들. 자신이 아는 사람이 아니다.

"뭐가 어떻게 된 거야?"

분명 뭔가 있어 보이는 영상이었다. 이곳이 아닌 다른 곳의 모습이 보이고 있었던 것이다.

"도대체 무슨……."

자신에게 벌어진 일을 이해하지 못하고 있던 노형진은 침을 꿀꺽 삼키면서 다시 캔 쪽으로 다가갔다.

"잠깐…… 진정하고……. 그래, 헛것이겠지."

그렇게 말하면서 그는 애써 마음을 진정시켰다. 뭔 일이 벌어지든 다시 놓치지 않기 위해서였다.

"후우, 후우."

심호흡을 하던 그는 그 캔 콜라를 집어 들었다. 그 순간 그의 머릿속으로 치고 들어오는, 낯설지만 익숙한 장면.

"아, 짜증. 담탱이 때문에 이게 뭐야."
"어쩌겠어. 공부해야지."
"야, 토낄까?"
"담탱이가 전화해서 위치 확인한다잖아."
"아, 미치겠네."
한 손에 담배, 한 손에는 캔 콜라를 든 두 남학생의 대화.
"들어가자."
"제길, 한 대만 더 빨고 싶은데."
"나, 그게 마지막 한 개비였다."
"쌍."
안으로 들어가는 두 사람 중 한 사람이 캔을 쓰레기통으로 휙 던졌다. 그게 날아가서 모서리를 맞고 튕기더니 바닥을 나뒹굴었다.

"으헉!"
그리고 그게 끝이었다.
"뭐야? 무슨 일이 벌어진 거야?"
방금 전 머릿속을 스치고 지나간 그 영상이 뭔지 이해하지 못한 노형진은 캔을 잡은 채로 뚫어져라 바라보았다.

이것이 법이다

"이해 못 하겠어……. 왜……."

자신은 알지 못하는 모습이 보인단 말인가? 그는 잠시 고민하다가 쓰레기통에 다시 캔 콜라를 넣고는 아래로 내려왔다.

"헛거일 거야."

애써 별일 아닐 거라 생각하면서 안으로 들어오는 노형진. 그는 다시 자리에 앉아서 정신을 집중했다. 공부하기 위해서였다. 그러나 그럴 수가 없었다.

포기는 배추를 셀 때 쓰는 법.

자신의 자리에 놓여 있는 한 장의 표어. 그리고 구부정한 모습으로 공부하는 한 남자. 그 남자는 심각한 얼굴로 공부하고 있었는데, 그 절망감과 다급함, 걱정이 그대로 전달되었다.

"우억!"

"뭐야?"

비명이 컸던 것일까? 그의 목소리에 모두가 그를 바라봤고 노형진은 뻘쭘하게 서 있을 수밖에 없었다.

"아…… 죄송합니다."

그는 사과하고는 자신의 자리를 바라봤다. 분명 영상 속에 있던 그 자리였다.

'내 자리…… 아니, 내 자리가 맞나?'

누군가가 썼던 자리다. 사실 이곳의 모든 자리는 누군가가 썼던 자리일 거다.

'아까 그 남자는 누구지?'

그는 그 남자가 누구인지도 모른다. 하지만 그의 심정은 무서울 정도로 정확하게 느껴졌다.

'오늘은 그만하자.'

왠지 느낌이 아니라고 할까? 노형진은 고개를 흔들면서 자리에서 일어났다. 오늘은 여기까지만 하는 게 좋을 것 같은 느낌이 들어서였다.

"후우."

가방을 챙기고 바깥으로 나갈 때였다. 독서실을 관리하는 사람이 두 학생에게 뭐라고 하고 있는 게 보였다.

"내가 몇 번을 말해. 거기서 담배 피우지 말라고 했지?"

"니예."

"내가 장난하는 것처럼 보여? 어른도 아니고 새파랗게 젊은 것들이 담배질이야!"

마구 훈계하는 사감을 얼핏 보던 노형진은 순간 움찔했다. 훈계받는 사람이 자신이 아는 사람이었던 것이다. 아니, 자신이 기억하는 사람이라고 해야 할까?

'아까 그 사람들?'

옥상에서 콜라를 집었을 때 영상 속에서 봤던 그들이 분명하다. 심지어 그들의 교복에 붙어 있는 이름표까지 똑같았다.

'도대체 왜……'

이것이 법이다

문제는 자신이 그들을 처음 본다는 것이다. 학교도 다르고 학년도 다른 사람들이다. 자신과 부딪칠 이유가 없다.

"저기……."

"아, 학생, 뭔가?"

　소름 끼치는 느낌이 들어서 지나가려던 노형진은 혹시나 하는 마음에 관리인에게 물어봤다.

"제 자리요. 제가 쓰기 전에 누가 썼나요?"

"삼수생이 썼지."

"삼수생?"

"연합대 의대에 간 사람이야. 진짜 독하게 공부하더니만 그렇게 가더라고. 혹시나 좋은 기운이 있지 않을까? 하하하."

　연합대 의대라면 한국의 톱클래스 의대다. 그 정도 가려면 진짜로 독하게 공부했다는 건데, 사실 중요한 건 그게 아니었다.

"저기, 혹시 그 사람이 반은 까까머리에, 뿔테안경을 쓰고 덩치는 좀 크지 않았나요?"

"아, 아는 사람인가? 맞아."

　그 말에 노형진은 자신도 모르게 부르르 떨 수밖에 없었다.

⚖️

"사이코메트리라니."

　인터넷에서 자신에게 일어난 일을 찾아보던 노형진은 멍해질 수밖에 없었다. 사이코메트리. 한국어로 표현하자면 '사물의 기억 읽기'라고 할 수 있다. 사물에 남아 있는 과거의 기억이나 그 소지자가 가지고 있던 강력한 기억을 읽어 내는 능력. 물론 모든 초능력이 그렇듯이 상상 속의 기술일 뿐이지만.

'이건 상상이 아니잖아.'

분명 보였다. 그곳에서 있었던 일들이 보였기 때문에 뭐라고 할 수가 없었다.

'도대체 왜……'

자신이 다시 살아난 것도 이해하지 못하고 있는데 생각지도 못한 초능력이라니.

'전생에 있었던 능력인가? 아니, 그럴 리가 없지.'

있었다면 그렇게 오랜 시간을 살아가면서 모를 리가 없다. 분명 이번 삶에서 새로이 생긴 것이다.

'뭔가 잘못된 건가? 아니, 잘되었다고 해야 하나?'

생각지도 못한 초능력이라니, 그저 반갑기만 한 일은 아니었다. 재수 없으면 끌려가서 고문당하거나 실험당할지도 모른다.

'젠장, 뭐가 어떻게 되어 가는 거야?'

농담이 아니었기 때문에 노형진은 고개를 흔들었다.

"혹시 우연일까?"

우연일 수도 있다는 생각에 그는 침을 꿀꺽 삼켰다. 그러고는 책상 위에 있던 예쁘게 생긴 지갑을 바라봤다. 누나가 두고 나간 지갑.

"설마······."

'설마' 하는 생각으로 지갑을 집어 든 노형진. 그는 정신을 집중했지만 이상하게 보이는 게 없었다.

"착각인가?"

처음에는 착각인가 했다. 하지만 착각이 아니었다. 그 안에 보이는 것은 일종의 숫자들뿐이었던 것이다. 처음에는 흐릿하게 보이던 숫자들은 정신을 집중할수록 선명하게 보였다.

'숫자?'

아까 영상과 다르게 숫자가 보이자 고개를 갸웃하던 그는 그 숫자 중 하나를 잡아챈다는 느낌으로 집중했다. 그러자 그 순간 사방이 바뀌면서 또 다른 공간이 나타났다.

"으억."

근데 그 장면이라는 게 당황할 만했다. 누나에게서 느껴지는 강렬한 충동 그리고 부끄러움. 그와 동시에 강하게 전달되는 듯한 입술의 느낌. 그 당시 지갑을 쥐고 있었던 건지 그 느낌은 무척이나 강력하게 각인되어 있어서 그대로 노형진에게 전달되었다. 그리고 그 영상이 뜻하는 게 뭔지 알아챈 노형진은 기가 막혔다.

"진도가 너무 빠른 거 아냐?"

아버지를 닮아서 한번 빠지면 푹 빠지는 누나라지만 만난 지 두 달 만에 뽀뽀라니.

"하아, 그나마 그 병신 같은 쓰레기가 아닌 걸 다행으로 여겨야 하나?"

그나마 다행인 점은 미래가 보장된 박광석과 잘되고 있다는 건데.

"근데 그럼 그 숫자는 뭐지?"

자신이 잡아챘던 숫자는 뭔지 이해하지 못한 상태로 이리저리 끄적거리던 그는 문득 뭔지 알 수 있을 것 같았다.

"이게…… 이렇게 되는 거였나?"

그 안에 가득한 숫자들을 조합하니 패턴이 보였던 것이다. 그리고 그 패턴이 뭔지는 자신의 물건을 가지고 몇 번이나 실험을 한 끝에야 알 수 있었다. 남이 가진 물건은 언제 가지고 있었는지 알 수가 없었기 때문이다.

"시간이라니."

마치 타이머처럼 연도와 날짜 그리고 시간으로 이루어진 조합. 그걸 선택하면 그 당시의 모습이 보이는 것이다.

"보통은 완전히 랜덤이라는데."

상상 속에 있던 능력이다 보니 랜덤으로 표현되는 경우가 많았지, 자기처럼 시간을 골라 가면서 볼 수 있는 능력일 거라고는 생각하지 못했다.

"그나마 다행인 건 시간의 종류가 많지 않다는 건데."

몇 번의 실험을 거치고 나서야 노형진은 자신의 능력에 대해서 알 수 있었다.

첫째, 물건과 직접 접촉한 상태나 아주 가까운 상태에서만 기억을 읽을 수 있다.

둘째, 강력한 기억이 있으면 그게 우선이며 무의미한 기억은 사라지거나 흐릿해진다.

셋째, 시간을 골라서 보는 것은 그 장소에 있는 강력한 기억, 또는 사념이 여러 개일 경우에 가능하다. 무의미한 기억이나 일상적인 사념은 드러나지 않는 경우가 많다.

넷째, 무의미한 기억을 읽어 내기 위해서는 그 당시 상황에 대한 정확한 정보가 있어야 한다.

그렇게 몇 가지 사실을 정리하고 나자 노형진은 자신에게 생긴 능력이 절대 꿈이 아니라는 것을 알 수 있었다.

"이게 무슨 일이래니?"

그는 멍하니 규칙이 적혀 있는 수첩을 보면서 중얼거렸다.

⚖

"누나."

"응?"

"뽀뽀하니까 좋아?"

"뽀뽀라니! 뽀뽀라니! 누가 그런 소리를 해? 설마 광석이가 한 거야?"

"아니, 난 그냥 찔러본 건데?"

그 말에 당황하는 누나의 얼굴.

"했구나."

"시끄러워, 애송아."

"네네, 엄마한테 이를게."

"너 죽는다!"

"엄마!"

"만 원 줄게!"

"입 다물어 줄게."

"으윽, 내 피 같은 돈."

혹시나 하는 마음에 슬쩍 찔러봤는데 아무리 봐도 뽀뽀한 게 사실인 모양이다.

'이거 참, 무슨 일인 건지.'

자신에게 생긴 능력이 왜 있는 건지 모르겠지만 노형진은 당분간은 공부를 접고 이 능력에 대해서 연구하기로 했다. 아니, 그럴 수밖에 없었다. 정신을 집중하면 자신도 모르게 별의별 기억과 생각이 다 들어오기 때문이다.

"생각보다 진도가 늦어질지도?"

그는 왠지 모를 걱정이 들어서 한숨을 쉬었다.

기억하는 자, 분노하는 자

"시험 끝."

수업이 끝나자 노형진은 문제지를 제출했다. 공부에 하등 쓸데없는 능력이라고 생각했는데 생각보다 도움이 되고 있었다.

'이런 능력이 있을 거라고는 생각 못 했는데?'

시험이라는 것은 결국 학교에서 보기 마련이다. 그러다 보니 집중하면서 공부하면 그게 강력한 기억으로 각인되어 시험 볼 때 마치 컴퓨터 하드에 저장된 수업 동영상을 보듯이 꺼내서 다시 볼 수 있었던 것이다.

'물론 편법이기는 하지만.'

어차피 편법이다. 수능과 검정고시는 자신의 자리가 아닌 다른 학교 다른 자리에서 보게 될 테니까. 그 자리에 앉았던 사람이 자신처럼 열심히 공부한 사람이라면 고맙겠지만, 그렇지 않은 경우 준비하지 않고 가면 한 방에 훅 가는 수가 있었다.

"우어어어!"

"중간고사 끝났다! 놀러 가자!"

"기말이 남았거든?"

"야! 노형진! 넌 천국이 도래한 이 마당에 지옥으로 친구들을 밀어 넣어야겠냐?"

"지옥은 무슨."

어찌 되었든 중간고사가 끝났으니 시간이 남는다. 대부분의 학교가 시험 기간에는 오전 수업만 하기 때문이다. 그러다 보니 오전 시험이 끝나고 내일 시험이 없는 중간고사 기간의 금요일은 말 그대로 폭풍 같은 휴식이 기다리고 있다.

"물고기 방 가자, 물고기 방."

"물고기 방?"

"피시방 말이야, 피시방."

"그건 fish지."

"아, 시끄럽고. 간만 봐야지."

우르르 바깥으로 몰려가는 사람들. 노형진은 고개를 흔들고는 그들과 함께 바깥으로 나갔다.

'이것도 나쁘지 않은데?'

솔직히 사이코메트리로 기억을 읽는 것은 편하다. 정확하게는 공부하기 쉬워졌다고 할까? 읽어 낸 기억은 자신이 공부한 기억보다 훨씬 강력하게 기억에 남는다. 즉, 자신이 집중해서 공부하고 다시 그 기억을 읽어 낸다면 그 기억은 세 번 이상 복습한 것만큼이나 강력하게 뇌에 각인되는 것이다.

'기분이 좀 문제이긴 하지만.'

다만 그 당시 감정까지 흘러와서 기분 더러울 때 공부하면 골 때리지만 말이다.

'하긴, 안전장치도 있으니 좀 놀아도 되겠지.'

안전장치란 시험 볼 때 가지고 갈 수 있는 것들, 즉 시계나 필통, 필기구, 방석 등이다. 그 특성상 여기에 기억을 심어 두면 어려운 문제들을 해결할 때 도움을 받을 수 있을 것이다. 물론 그것도 한계가 있지만.

"가자!"

"와!"

"어린것들."

아직 중학교 2학년인 애들이다 보니 신나게 뛰어다니는 걸 보면서 노형진은 피식 웃었다.

'내가 생각을 잘못했나?'

딱히 성공한 삶을 산 녀석들은 아니지만 그래도 학창 시절이 한번은 가지고 갈 추억이라는 점은 변하지 않기 때문에 노형진은 어쩌면 자신이 생각을 잘못한 게 아닐까 했다.

'일단은…… 집중하자.'

당장 급한 건 당장 닥쳐올 시험이기에 그는 애써 머리를 흔들면서 정신을 차리려 했다. 일단 시험이 끝나고 난 후에 고등학교에 들어가는 걸 다시 생각해 보는 것도 나쁘지 않기 때문이다.

"윤미영, 담임이 찾는다."

그때였다. 교무실에 갔던 반장이 돌아오면서 외치는 소리에 노형진은 정신을 차렸다.

"응?"

"담임이 오래."

"알았어."

왠지 풀이 죽은 듯한 모습이 되는 윤미영의 모습. 노형진은 그저 '시험을 망쳤나 보다.'라고 생각할 뿐이었다.

서둘러서 가방을 꾸리던 그녀는 실수로 필통을 떨어트렸고 노형진은 무심결에 그걸 집어서 그녀에게 건넸다.

"여기."

"고마워."

필통을 건네주면서 슬쩍 스치는 순간, 온몸으로 파고드는 소름 끼치는 느낌.

"으헉!"

"왜 그래?"

"아니야."

이것이 법이다

노형진이 기겁하자 약간 놀랐던 그녀는 필통을 챙기고 힘없이 교실 바깥으로 나갔다.

"이런, 씨발."

노형진은 방금 온몸을 파고들었던 소름 끼치는 느낌에 뭐라고 말할 수가 없었다. 그럴 수밖에 없는 것이, 그동안의 연습의 결과, 자신이 원하지 않는다면 상대방의 기억이나 사건이 뇌리를 파고들지 않게끔 할 수 있었기 때문이다. 그런데 그런 그의 의지를 무시하고 파고들다니.

'방금 그 느낌은…….'

아주 찰나의 순간이었기 때문에 정확하게 특정할 수는 없었지만 한 가지는 확실했다. 그것은 아주 다급하고 비명에 가까운 구원 요청이었다.

"물고기 방에 안 가냐?"

"그건 fish라니까."

"fish든 피시든 오랜만에 해야지. 안 그래?"

친구의 다그침에 가방을 챙기던 노형진은 결국 고개를 흔들었다. 이루 말할 수 없는 찝찝함이 그를 놔주지 않았다.

"난 안 되겠어."

"또 공부냐? 징한 놈. 우리의 우정이란 그렇게 싸구려였냐?"

"싸구려는 아니지만 더 급한 일이 생겼거든."

"더 급한 일?"

"응, 그런 게 있어."

"치사한 놈."

"분명 여자 문제야, 여자 문제."

'뭐, 틀린 말은 아니지만.'

노형진은 가방을 챙기면서 한숨을 쉬었다. 어쩐지 이번 일도 귀찮아질 것 같은 느낌이 강하게 들었기 때문이다.

"노형진, 안 가냐?"

"누구 좀 기다려요."

"누구? 미영이?"

"네."

"벌써 세 시간째다."

"헤헤헤."

교무실로 들어간 지 세 시간째. 아무리 봐도 정상적인 상황은 아니었다. 보통 교무실에서 이렇게 오래 있는 경우는 드물기 때문이다. 더군다나 시험이 끝나자마자라니.

"어이, 이 선생, 그만하고 보내지? 이 녀석이 끝날 때까지 기다릴 모양인데."

"음."

담임이 바깥으로 나오자 노형진은 씩 웃었다.

"안녕하세요."

"그래, 근데 안 가냐?"

"미영이랑 어디 같이 가기로 해서요."

"미영이랑?"

자신을 바라보는 시선이 상당히 불편함을 느끼면서 형진은 고개를 갸웃했다. 그의 담임인 이규성이 아무리 애들과 친하지 않다고 해도 단순히 거리를 두는 것과 적대적인 시선은 다르기 때문이다.

'왜지?'

분명 그의 눈빛에는 적대적인 느낌이 강했다. 진짜 중학생이라면 모르겠지만 산전수전 다 겪고 수백 번의 소송을 치렀던 그의 경험은 확실했다.

"오늘 어디 가기로 했어요."

"그러면 어쩔 수 없지. 윤미영, 오늘 보충은 여기까지다. 가 보거라."

"네? 아, 네."

순간 당황했던 미영은 잽싸게 가방을 싸서 교무실에서 빠져나왔다.

"좋을 때다, 짜샤. 아무리 그래도 수업은 받아야지."

"네?"

"선생님이 따로 수업해 주는 게 쉬운 일인 줄 알아?"

무심결에 던지는 다른 선생님의 말이지만 노형진은 그 말에서 이상한 느낌이 들었다. 따로 수업해 준다. 즉, 지금까지 담임인 이규성이 윤미영에게 공부를 가르쳐 줬다는 거다.

'왜지?'

물론 윤미영이 그다지 성적이 좋은 아이는 아니다. 하지만 담임이 따로 신경을 쓸 만큼 특별한 아이도 아니다. 사실 성적만 봐서는 그녀보다 아래쪽에 있는 사람도 있으니 말이다.

"갈까?"

교무실 바깥으로 나온 윤미영은 자신을 기다리는 노형진을 보고는 고개를 갸웃했다. 같은 반이긴 하지만 친한 것도 아닐뿐더러 서로 대화를 많이 한 것도 아니기 때문이다. 자신은 반에서 서른다섯 명 중 25등 정도 할 정도인 데에 비해 노형진은 학교에서 자타 공인 타의 추종을 불허하는 1등이기 때문이다. 반만 같을 뿐이지, 아예 속한 세계가 달랐다.

"적당히 놀다가 들어가라, 이것들아."

다른 선생님의 주의 아닌 주의를 받으면서 학교를 나오는 두 사람. 시험이 끝나고 죄다 가 버렸기 때문에 학교 주변은 텅 비어 있다 못해 공허하기까지 했다.

"저기, 왜 날 기다린 거야?"

"그게 말이다."

솔직히, 기다린 이유는 불안감 때문이다. 하지만 그 불안감을 말할 수는 없었다. 자신이 기억을 읽는다는 것은 비밀인 탓이다.

"날 따라와 봐."

"왜?"

"그냥 따라와."

노형진은 머릿속에서 그녀의 인생이 어땠는지 계속 뒤졌다. 하지만 그녀의 인생은 그가 아는 기억 속에는 없었다.

'졸업하고 땡이었나?'

아니, 졸업할 필요도 없이 3학년으로 올라가면서 반이 갈라져 그녀와의 인연이 끝났다. 사실 1년 동안 대화한 게 열 마디가 채 안 되는 상대였으니 인연이라는 것도 없었지만.

"조용하네."

그녀를 데리고 간 곳은 공원이었다. 하지만 사람은 없었다. 한낮의 공원은 아직은 덥고 사람들은 일할 시간이니 말이다.

"저기, 왜…… 부른 거야?"

사람들이 없는 곳으로 향하자 왠지 불안한 듯 눈치를 보는 그녀. 노형진은 잠시 말을 꺼내려다가 입을 다물었다. 도무지 뭐라고 말해야 할지 몰랐기 때문이다. 도대체 왜 그런 생각과 감정이 들어온 건지 말이다.

'일단은 무슨 일인지 알아야겠어.'

왜 그런 감정이 흘러들어 온 건지 알아야 하기에 노형진은 마음을 독하게 먹고 그녀의 손을 잡아챘다.

"야, 아파! 잠깐 놔줘!"

깜짝 놀란 미영이 팔을 비틀면서 빼려고 했지만 나이가 어리다고 해도 남녀의 완력 차이는 컸다.

"제발 놔줘."

이제는 거의 울 것 같은 표정이 되는 그녀. 그 순간 치욕스러운 얼굴이 되어 버린 노형진이 손을 놔 버렸고 그녀는 잽싸게 손을 뺐다.

"왜 그래?"

당장 도망갈 것 같은 자세로 경계하는 그녀. 하지만 노형진은 그런 그녀의 자세에는 관심도 없었다.

"너, 담임 새끼가 무슨 짓을 했어?"

"뭐?"

"그 새끼가 무슨 짓을 했느냐고."

분노한 얼굴로 물어보는 노형진. 사실 무슨 짓을 했는지 안다. 너무나 잘 알게 되었다. 심지어 봐서는 안 될 장면까지 기억 속에서 보고야 말았던 것이다.

"무슨 짓이라니…… 그런 일 없었어."

"내가 무슨 짓이라고 말도 안 했는데 왜 그런 일이라고 확신해서 선을 긋는 거지?"

"……."

"네가 말할래? 아니면 내 입으로 말할까?"

그 말에 얼굴이 창백해지는 윤미영. 그녀는 그대로 허물어지듯이 털썩 주저앉았다.

"흑흑흑."

그리고 하염없이 눈물만 흘리기 시작했다. 그리고 그걸 보고 확신을 얻은 노형진은 그 어느 때보다 분노한 얼굴이 되었다.

"후우."

해가 진 공원. 벤치에 앉아 있는 노형진은 자신의 어깨에 기대서 울다가 지쳐 잠든 윤미영을 바라보았다. 결국 모든 것이 드러났다. 강간. 담임이 공부라는 이유로 접근했고 결국 해서는 안 될 짓을 저질러 버린 것이다.

"이규성 이 개새끼."

이를 빠드득 가는 노형진이었다. 어쩐지 자신이 기다리자 적대적으로 노려본 이유가 있었다. 아마도 공부를 가르쳐 준다는 핑계로 늦게까지 남겨 놨던 거고 그 후에 퇴근하면서 데리고 가서 또다시 강간하려고 했을 것이다.

"엄마……."

눈물범벅이 된 얼굴로 울다가 지쳐서 잠든 윤미영을 본 노형진은 한숨이 나왔다.

"망할."

이 일이 회귀하면서 새로이 생긴 일은 아닐 것이다. 그렇다면 지난번에도 있었다는 뜻이다. 문제는 자신은 그때 그걸 몰랐다는 것이고 말이다. 하긴, 설마 고작 중 2짜리에게 그런 일이 있을 거라고 예상이나 했겠는가?

"어쩐다……."

몰랐으면 모르나, 알게 된 이상 방치할 수는 없다. 당장 처음에 부정하던 그녀도 노형진이 모든 걸 안다고 말하자 무슨 일이 있었는지 모든 것을 털어놨던 것이다. 그만큼 누구에게도 도움을 청하지 못하고 있었던 것이다.

'부모님도 그 꼴이고.'

어머니는 돌아가시고 없고, 아버지라는 인간은 도박에 알코올중독.

"이러면 경찰에 신고해도 의미가 없는데."

경찰에 신고해도 좋은 게 좋은 거라는 식으로 끝날 것이 분명하다. 한국은 이상하게 성범죄에 관대해서 열두 살짜리를 강간해도 합의했다는 말도 안 되는 이유로 풀어 주기 때문이다.

'그런 인간이라면 뻔하지.'

윤미영의 아버지가 그런 인간이라면 분명히 합의하고 고소를 취하할 것이다. 그리고 그 후에 그 돈을 흥청망청 쓰고 다닐 것이 불 보듯 뻔하다.

"그렇다고 모른 척할 수도 없고."

강간은 인격적 살인이다. 한 여자의 인생 자체를 박살 내는 짓이다. 미국에서 공부한 노형진은 한국이 강간에 대해서 그렇게 관대한 이유를 알 수가 없었다. 아니, 미국까지 갈 필요도 없다. 당장 합의하게 되면 이규성은 멀쩡하게 학교를 다닐 테고 또 다른 여학생을 강간할지도 모른다. 강간범의 재범률은 60% 이상. 모든 범죄 중 최고의 재범률을 자랑한다. 미국에서 화학적 거세를 하는 데에는 다 이유가 있는 것이다.

"증거를 모으기도 그런데."

학교 폭력이야 증거를 모으기 위해서 박광석이 일부러 당해 준 것이지만, 강간은 다르다. 강간하는 장면을 찍기 위해 윤미영에게 다시 강간당하라고 할 수는 없지 않은가?

"어쩌지?"

눈물범벅이 되어 자신의 어깨에 기댄 윤미영을 보면서 노형진은 얼굴을 찌푸렸다. 당장은 할 수 있는 것이 없어 보였다.

"일단 니 혼자시는 빙빕이 잀겠어."

가장 큰 문제는 강간은 친고죄라는 것이다. 먼 미래에는 그게 폐지된다지만 지금 친고죄이니, 그 말인즉슨 고소 권한이 있는 것은 윤미영, 또는 그 알코올중독자에 아버지라는 인간뿐이라는 뜻이다.

'미친놈이지.'

강간의 친고죄 규정에는 문제가 많았다. 가해자가 협박해서 신고하지 못하게 하는 건 다반사고, 신고해도 찾아가서 깽판을 쳐서라도 합의서를 받아 오면 없는 일이 되어 버리기 때문이다. 실제로 강간 사건을 일으켰던 선생이 다른 학교에 가서 다시 강간 사건을 일으킨 경우가 제법 되었다. 더군다나 부모의 질이 좋지 않은 경우, 노형진이 걱정하는 것처럼 합의금을 받고 해결된 걸로 치는 경우가 많았기 때문이다. 그 합의금이라는 게 피해자의 정신적 · 육체적 피해를 보상하고 치료받는 데에 써야 하는데, 분명 이런 경우 100% 술과 도박으로 날아갈 것이다.

"나 혼자는 못하겠어. 누군가의 도움이 필요해."

아직 중학교 2학년인 노형진의 상황으로는 절대 혼자서 해결할 수 없는 문제였다.

⚖️

"엎드려 뻗쳐!"

이규성은 노형진을 불러서는 다짜고짜 대걸레를 집어 들었다.

"이 새끼가 선생님 보기를 뭐같이 보네, 진짜."

그날 이후 이규성과 노형진은 사사건건 충돌했다. 아니, 안 할 수가 없었다. 노형진은 윤미영과 절대 떨어지려고 하지 않았고 이규성이 윤미영을 부르면 나올 때까지 교무실 앞에서 기다렸기 때문이다. 당연히 학교에서는 둘이 사귄다는 소문이 났지만 신경도 쓰지 않는 노형진이었다.

도리어 다급한 건 이규성이었다. 스트레스를 풀 만한 계집을 찾았다고 생각했는데 난데없는 놈이 나타난 것이다. 그 바람에 두 사람 사이는 완전히 틀어져 버렸고 이규성은 핑계만 있으면 노형진을 괴롭히려고 했다.

"선생님, 그거 대걸레 아닌가요?"

"그래, 너같이 선생님을 뭐같이 보는 새끼는 혼이 나야……."

"그거, 위험물을 이용한 특수 폭행인 거 아시죠?"

"뭐라고?"

"때리시는 건 선생님 마음이지만 신고하는 건 제 마음입니다."

"이 새끼가……!"

그러면서도 이규성은 때릴 수가 없었다. 때리는 순간 저 녀석이 실제로 신고할 거라는 사실을 느낄 수 있었기 때문이다.

'이 씨발 새끼,'

무서운 눈으로 노형진을 노려보는 이규성. 그리고 그런 이규성을 더럽다는 눈으로 바라보는 노형진. 그들의 관계는 그렇게 최악으로 치닫고 있었다.

⚖️

"미안해."

"뭐가?"

"나 때문에."

"너 때문 아니야."

"나 때문이잖아. 소문도 안 좋고."

"소문은 개뿔."

노형진은 그녀가 왜 그런 말을 하는지 알고 있었다. 담임의 수업 시간은 거의 노형진이 기합받는 시간이 되어 버렸고 학교 내에서는 그녀와 사귄다는 소문까지 나고 있었던 것이다.

"그딴 거에 신경 쓸 시간이 있으면 한 자라도 더 보지."

어린 마음이었다면 그 소문에 신경을 썼을지도 모른다. 하지만 다 큰 어른의 정신을 가진 노형진에게 그런 소문은 그저 지나가는 추억일 뿐이다. 기합이야 버틸 만하고 말이다.

"고마워."

"아니다."

"그런데…… 어쩔 거야?"

"어쩔 거냐니?"

"나 졸업할 때까지 따라다닐 거야?"

"글쎄…… 그건 무리겠지."

당장 3학년이 되면 반이 바뀐다. 그럼 보호해 주는 데에 한계가 오기 마련이다. 원래도 바뀌었을 테고, 무엇보다 이규성이 갈라놓으려고 발악할 것이 뻔하다.

'그리고 이런 건 졸업하면 땡이 아니란 말이지.'

분명 졸업해도 전화해서 불러낼 가능성이 높다. 이런 타입의 강간범은 절대로 희생자를 쉽게 놔주지 않는다.

이것이 법이다

"일단 문제를 해결해야겠지."

"해결?"

"솔직히 말해서 이 문제를 해결하기 위해서는 너의 도움이 필요해."

"난……."

"기본적으로 모든 성범죄는 친고죄야. 네가 신고하거나 부모님이 해야 하지. 그렇지만 아마도 너의 아버지라는 인간은 돈을 받고 튈 가능성이 높아."

"……."

"난 그 꼴은 보고 싶지 않거든."

"그럼 난 어떻게 해야 해?"

"후우…… 방법이 없는 건 아닌데."

"없는 건 아니라고?"

"그래, 하지만 이건 무척이나 독한 짓이다."

"……."

"할 수 있겠어?"

"미안."

그녀는 고개를 흔들었다. 하긴, 그녀는 독한 성격은 못 된다. 그러니 사태가 이 지경이 되도록 누구에게도 도움을 청하지 못했던 것이다. 가해자들이 말하는 것 중 가장 흔한 변명 중 하나가 바로 당할 만해서 당했다는 것이다. 그런데 노형진은 그 부분에 대해서 일정 부분 동의한다. 그 사람의 인

격이나 성격이 나쁘다는 게 아니라 이런 범죄행위의 가해자
들은 철저하게 약자, 즉 도움을 청할 곳이 없는 대상을 표적
으로 삼기 때문이다.

'아마도 그걸 알고 있겠지.'

담임이니 윤미영의 집에 대해서 알고 있을 것이다. 외동딸
에, 어머니는 이미 돌아가셨고 아버지는 알코올중독에 도박
중독이다. 성격 자체도 독하지 못하고 겁이 많아서 적당히
겁을 주면 신고도 못 한다. 최악의 경우가 발생해도 그런 아
버지에게 돈 몇 푼 쥐여 주면 무마할 수 있다는 사실도 알고
있을 것이다.

'독한 새끼, 그런 건 어떻게 알아 가지고.'

무심결에 빙수를 입안에 털어 넣던 노형진은 멈칫했다.

'어? 그러고 보니 어떻게 안 거지?'

"왜 그래?"

"아니, 좀 이상한 게 있어서."

"이상?"

이규성의 윤미영에 대한 접근 방식은 무척이나 체계적이
었다. 그런데 강간범이 이렇게 체계적으로 접근하는 경우는
무척이나 드물다. 대부분 즉흥적이고 폭력적이다. 상대방과
주변의 행동 패턴까지 예상하고 접근하는 경우는 딱 두 가지
다, 그 대상에게 필요 이상으로 집착하는 스토커이거나 이쪽
으로 경험이 있거나.

'스토커 유형은 아닌데?'

자신에 대해서 적대감을 드러내고 있지만 그건 단순히 자기 성욕을 푸는 것을 방해해서 그런 거지, 스토커로 보이는 행동은 하지 않았다. 그렇다면 경험이 있다는 소리다.

'하긴, 그 녀석이 갑자기 짠 하고 성범죄자가 되지는 않았을 테니.'

원래 성범죄자는 작은 범죄에서 커지는 경향이 있다. 그러니 어느 순간 일어나서 나는 강간을 해야겠다는 형태는 성립되지 않는다. 더군다나 윤미영을 노린 걸 봐서는 소아 성애자, 즉 미성년자에게 성적 욕망을 느끼는 녀석일 가능성이 높다. 반대로 말하면 아이러니하게도 피해자가 나이가 먹어서 어른으로서의 성적 매력을 드러내면 그때는 관심을 잃어버리고 다른 대상을 찾는다는 것이다.

'그렇다면…… 성인이 있을 수 있다!'

또 다른 성인 피해자가 있다면 어쩌면 방법이 있을 수도 있다.

⚖

"으으으…… 내 금쪽같은 돈이."

또 다른 희생자를 찾는 것은 쉬운 일이 아니었다. 변호사 사무실을 가지고 있을 때는 이런 일을 전담하는 팀과 전문가가 있었으니 어렵지 않았지만 지금은 그게 아니니 일일이 찾아야 했다.

"그나마 귀동냥이라도 해 둔 게 다행이지. 안 그랬으면 진짜 갑갑할 뻔했네."

그 당시 회사에서 일하던 사람 찾기 전문가에게 간단한 방식에 대해서는 몇 개 주워들은 게 있었는데 그걸 자신의 법률 지식 그리고 일반적인 성폭행 피해자의 패턴과 비교한 결과, 힘들지만 그 피해자를 찾을 수 있었다. 문제는 그 피해자가 한두 명이 아니라는 것이었다.

"네 명이라니, 기막히군."

피해자로 예상되는 사람은 네 명. 그중 두 명이 이제는 성인이 되었다. 나머지 두 명은 고등학생으로 보이고 말이다. 아마도 고등학생이 되어 슬슬 여자로서의 모습이 나오자 버린 모양이었다.

"아…… 이런 거 진짜 싫은데."

고개를 들어서 커다란 건물을 바라보는 노형진. 그럴 수밖에 있는 게, 잘 결혼해서 저런 커다란 집에 사는 거라면 문제가 없겠지만 그게 아니니 문제였다.

"세인트 미혼모의 집. 왜 최악의 예상은 틀리질 않냐. 진짜 싫다."

아이러니하게도 성폭력의 피해자들은 쉽게 사람을 만난다. 자포자기하는 것도 있고, 누군가 자기를 인정해 주고 받아 주기를 너무 간절히 원하기 때문이다. 그러다 보니 질이 나쁜 녀석들에게 걸리는 경우가 많고 적지 않은 수가 미혼모가 되어 버리는 상황에까지 몰리기도 한다.

"누구세요?"

노형진이 들어가자 적대적으로 바라보는 직원. 그도 그럴 것이, 노형진은 남자다. 미혼모 대부분이 남자들에게 버림받아서 혼자서 아이를 낳는다. 그러니 남자에게 경계심을 가지기 마련이다. 비록 중 2라고 하지만 그 직원의 경험상 중 2는 물론 중 1짜리 애아버지도 있기 때문에 호의적일 수는 없었다.

"강소영 씨를 만나러 왔는데요."

"그런 산모 없습니다."

"전 말도 안 했는데 산모인 건 어떻게 아십니까?"

"……"

날카로운 지적에 입을 다무는 직원. 이런 반응을 보이는 경우는 뻔했다.

"애아버지가 보낸 거 아니거든요? 설마 중학생을 보냈겠습니까?"

"음."

보통 아버지라는, 아니 그쪽 집에서 압박을 가하기 위해서 사람을 보내니 잡아떼는 것이다.

"그래도 남자는 못 만납니다. 산모들이 싫어해요."

"진짜로 다급해서 그럽니다."

"안 된다니까요."

"그럼 말이라도 전해 주세요."

"무슨 말?"

"복수할 생각 없느냐고."

"복수?"

"네."

"뭐, 그렇게 전하죠."

다짜고짜 찾아가서 만나자고 한들 만나 줄 리 없다. 그렇다고 무조건 들이닥칠 수도 없다. 피해자들에게 다시 한 번 고통을 주는 것은 못 할 짓이기 때문이다. 결국 말을 전해 달라는 부탁과 함께 전화번호를 남겨 놓고 온 노형진. 그리고 그는 다행히 주말에 강소영을 만날 수 있었다.

"강소영 씨죠?"

"학생이라고 들었지만…… 어리네요."

설마 중학교 2학년이라고 생각하지는 못한 모양이었다.

"그런데 절 찾았다구요?"

"네, 이규성 그 녀석 때문에요."

순간 부들부들 떨리는 그녀의 손. 하지만 당장 일어나지는 않았다. 아니, 복수라는 말 자체에서부터 그 녀석의 이야기임을 예상하고 있었는지도 모른다.

"다른 학생이 피해자가 된 건가요?"

"네."

"그럼 그 학생의 부모님에게 말하지, 왜 절 찾아왔죠? 솔직히 듣고 싶지도 않아요."

"부모님은 돈을 받고 취하해 줄 게 뻔하거든요."

노형진은 일단은 긍정적인 상황이라고 생각했다. 누구인지 말하지도 않았다. 그런데도 나왔다는 건 이규성이라는 걸 예상했거나 그게 아니라 하더라도 사람 자체가 무척이나 독하게 마음을 먹었다는 뜻이었다.

"그래서 날 찾아왔다? 내가 신고해 주기를 원하나요?"

"뭐, 그런 거죠."

"싫다면요?"

이 나라에서는 강간 피해자가 신고하는 게 쉽지 않다. 주변에서 색안경을 끼고 일단 꽃뱀이라고 몰아가기 때문이다. 애초에 강간범 자체를 집유로 풀어 주는 나라에서 뭘 바라겠는가?

"강제는 안 합니다. 하지만 여기까지 나오신 걸 보면 굳게 결심하신 것 같은데요?"

"……."

말하지 않는 그녀. 노형진은 '그녀가 왜 갑자기 이렇게 변했을까?' 하고 생각했다. 세상이 거칠어서? 단순히 그것만이 아닌, 다른 이유가 있을 것이다. 뭔가…….

'그렇군.'

그리고 그 이유를 알 수 있었다. 아니, 당연하리라. 누군가 그랬다. 여자는 약하지만 어머니는 강하다고.

"아이를 키우기로 하셨나 보군요."

"그걸 어떻게……?"

"아이를 키우려면 돈이 필요하지요."

순간 크게 떠지는 그녀의 눈.

독해진 이유. 그건 아이였다. 웃기게도 우리나라에서 미혼 모는 최소한의 생계도 보장받지 못한다. 하지만 아이를 키우기 위해서는 막대한 돈이 들어간다. 입양을 보내려고 결심했다면 이렇게 독해질 필요가 없다. 그런데 독해졌다는 것은 결국 키우기로 결심했다는 것. 그래서 돈이 필요하다는 것이다.

"아들인가요?"

"아들입니다."

"그렇군요."

흐르는 침묵. 그리고 한참이 지나고 나서야 노형진은 입을 열었다.

"도와 드리죠."

"네?"

"아이 양육비 소송, 제가 도와 드리겠습니다."

"학생이 뭘 안다구요?"

"어지간한 변호사보다는 잘 알 겁니다. 아마도 양육비는 받지 못하겠죠?"

"……."

이것이 법이다.

"그걸 달라고 소송하려면 못해도 500만 원 넘게 들어갈 텐데 그 돈이 있을 리는 없구요."

"……."

너무도 날카로운 말에 강소영은 할 말을 잃어버렸다. 단순히 이 자리에 나온 것만을 가지고 그 모든 것을 유추해 낼 줄이야.

"변호사를 사서 하려면 소송이 끝나도 승소 비용을 달라고 하겠죠."

"300만 원을 달라고 하더군요."

선불금 500만에 승소 비용 300만. 돈이 없어서 미혼모 시설에서 애를 낳아야 했던 그녀에게는 꿈에서도 보기 힘든 돈이다.

"제가 도와 드리죠."

"하지만…… 변호사 없이 어떻게……."

"원래 소송은 자기가 하면 됩니다."

변호사들이 말해 주지 않지만 사실 민사소송은 직접 할 수 있다. 물론 쉬운 건 아니다. 서류에, 답변서에, 고소장에, 증거에, 반박 서면에, 추가 서면 등등. 그러나 밥 먹고 하는 게 그거였던 노형진에게는 너무나 쉬운 일일 뿐이었다.

'뭐, 이 문제를 해결하는 데에 내 인건비만 희생하면 되는 거면 싼 거지.'

"필요하시면 제가 해 드리죠. 불안하시면 미리 소장을 써

드리겠습니다. 소장을 보시면 제 실력을 아실 테니까요."

"그건 변호사법 위반이라고……."

"그건 변호사들이 자기 밥그릇 깨질까 봐 하는 소리입니다. 금전적 이득 없이 선의로 해 주는 건 변호사법 위반이 아닙니다."

다른 사람이 소장을 써 주는 걸 변호사들은 싫어한다. 그래서 저런 말도 안 되는 소리를 하는데, 사실 반은 맞고 반은 틀리다. 변호사나 법무사가 아닌 사람이 돈을 받고 써 주면 변호사법 위반이 맞지만, 단순히 호의로 무료로 써 주는 것은 위반 사항이 아니다.

"난……."

잠시 고민하던 강소영은 드디어 결심을 굳혔다. 품 안에서 쌔근쌔근 자고 있는 아이를 키우기 위해서라도 돈이 필요했다.

"뭘 어떻게 하면 되나요?"

분리수거 하는 날

"이래도 되는 거야?"

"그래, 나한테 맡겨."

노형진은 강소영을 만나고 난 후 윤미영을 설득하는 데 성공했다.

윤미영도 결국 용기를 가질 수밖에 없었는데 그도 그럴 것이, 노형진이 강소영을 만나러 간 날 이규성이 강제로 그녀를 끌고 모텔로 가려고 했던 것이다. 다행히 그녀의 전화를 받은 노형진이 강소영과의 대화가 끝나자마자 바로 택시를 타고 달려온 덕분에 이규성의 퇴근 시간 전에 도착해서 그녀를 빼내는 데에 성공했지만 말이다.

그동안 노형진의 보호 덕분에 안심하고 있다가 그런 일을 당하자 윤미영은 더 이상은 버틸 수 없다는 사실을 인정할 수밖에 없었다.

"일단은 너희 아버지 문제를 해결해야 해."

분명 고소를 해도 그는 합의금을 받고 취하해 줄 것이다. 물론 일단 윤미영에게 손대는 것은 포기하겠지만 그 돈은 윤미영이 정신적 치료를 받는 데에 써야 할 돈이다. 그러나 그 아버지라는 인간이 도박으로 날릴 확률은 100%였다.

"일단 너희 아버지가 돈에 손대지 못하게 해야지."

"무슨 수로? 내가 하지 말라고 해서 안 할 게 아니잖아."

"그러니까 내 말대로 해."

⚖️

"그러니까 그분이 심각한 알코올중독자라는 거죠?"

"말도 마. 아주 그냥 술만 취하면 개가 된다니까."

노형진은 동네 사람들에게 여러 가지 정보를 모으고 다녔다. 그들의 대화를 녹음하고 윤미영의 아버지가 저질렀던 일에 대해서 말했다. 그뿐만 아니라 통장을 확인하고 대출 상황과 그 변제 내역 등을 확인하기도 했다.

"이게 무슨 관계가 있는 거야?"

성범죄와 전혀 상관없는 것들을 조사하자 윤미영은 불안한 모양이었다.

하긴, 성범죄자를 처벌하는 데에 자신의 아버지를 조사하는 게 필요하다는 건 이해하지 못할 일일 것이다.

"널 보호할 준비를 먼저 해야 하니까."

아버지가 돈을 다 써 버리면 이번 사태의 정신적 피해로 그녀의 인생이 망가질 것이다. 당장 멀리 갈 필요도 없이 강소영이 그 산증인이 아닌가? 누가 미혼모로 살고 싶어 하겠는가?

"하지만 무슨 수로? 그는 어른이고 우리는 애라고."

"그래, 하지만 가능한 게 있지."

"가능한 거?"

"그래, 일단은 증거를 모아 놔야 해. 그래야 일이 편해지니까."

⚖

"뭐라고?"

서류를 접수하는 남자는 중학생 두 명이 들고 온 서류를 보고는 기가 막혔다.

"이런 걸 누가 가르쳐 준 거냐?"

"제가 공부한 겁니다."

"공부한 거라고?"

그 말에 다시 서류를 확인하는 직원. 하지만 빠진 것 없이 완벽했다.

"그럼 학생 본인은 맞고?"

"네, 여기 동사무소에서 떼어 온 신분 확인증요."

"음."

주민등록증이 없으니 미리 신분 확인서까지 동사무소에서 떼어 온 모양이다.

"거참."

"접수 안 해 주시나요?"

"하기는 해야지."

서류를 다시 바라보는 접수원. 그곳에는 '한정치산자 신청서'라고 써 있었다.

⚖️

한정치산자.

간단하게 표현하자면 사회적으로, 또는 정신적으로 문제가 있어서 정상적인 사회 활동을 하지 못하는 사람의 행동을 막는 법률이다.

윤미영이 심각한 알코올중독과 도박 중독으로 아버지에 대한 한정치산을 결정하자, 노형진은 그의 아버지에 대한 금전적 활동 중 대출 및 출금, 법정대리인 금지 신청을 낸 것이다. 그렇게 된다면 그는 대출받지도 못하고 기존에 있던 자금을 출금하지도 못하며 법정대리인으로서 범죄에 대한 합의도 하지 못한다. 물론 문제가 없는 것은 아니었다.

"이 개 같은 년이 키워 주고 재워 주니까 버릇없이 자기 아버지를 고소해?"

"꺄아악!"

"죽어라, 쌍년아!"

그의 아버지가 눈이 벌게져서 윤미영을 공격하기 시작했던 것이다. 술을 먹고 개가 된다고 하지만 이건 개가 아니라 완전히 짐승이었다.

'뭐, 내가 예상은 했지만.'

문 너머로 들리는 목소리에 노형진은 얼굴을 찌푸렸다. 사실 이런 일이 벌어졌을 때 그녀의 아버지가 저런 행동을 할 거라는 사실은 예상하고 있었다. 그리고 그 때문에 그가 윤미영 몰래 준비한 것이 있었다.

"이런, 이런."

황급하게 달려온 남자는 너머에서 들리는 소리에 얼굴이 창백해졌다.

"빨리 막아야지요."

"자네 말이 맞군. 빨리 어떻게 해서든 막아야겠어. 문 여세요. 담당 관리자입니다."

"뭐라고? 이 씨발 개놈이! 여기가 어디라고 기어들어 와!"

그는 법원에서 정한 그의 아버지의 법정대리인이었다. 그의 아버지가 한정치산을 받으면서 법정대리인이 필요해졌는데 윤미영 같은 경우는 미성년자이기에 그 대상이 될 수 없었던 것이다. 그래서 법원에서 법정대리인을 지정해 줬고, 노형진은 그녀의 아버지가 공격을 시작하자 그를 재빨리 부른 것이다.

"진정하시고."

"진정하게 됐어? 이 개 같은 년이 아비를 고소해?"

"고소한 게 아니라 치료가 필요하니까……."

"치료? 치료? 내가 치료가 필요하다고? 닥쳐, 이 씨발 새끼야!"

"꺄아악!"

"으어억!"

갑자기 칼을 꺼내서 마구 휘두르는 그녀의 아버지. 그걸 보고 노형진은 얼굴을 찌푸렸다. 아무리 술기운이라지만 해도 되는 일과 안 되는 일이 있기 마련이다.

"안 되겠습니다. 위험합니다. 들어오세요!"

결국 법정대리인은 고개를 흔들고 바깥으로 신호를 보냈고 바깥에서는 하얀 옷을 입은 남자 두 명과 경찰 두 명이 안으로 들어왔다.

"뭐야? 뭐야? 이 개새끼들아! 뒈져! 뒈져!"

마구 발악하는 그녀의 아버지. 법정대리인은 아슬아슬하게 칼을 피하고는 경찰들에게 고개를 흔들었다.

"타인에게 치명적인 위협을 가할 수 있습니다. 법원에서 지명한 법적 대리인으로서 제압을 부탁드립니다."

그 말에 전기 충격 총을 꺼내서 조준한 경찰은 서슴없이 방아쇠를 당겼다.

"끄어어어억!"

전기 충격 총을 맞아서 부들부들 떨던 아버지는 그대로 쓰러졌다.

"공식적으로 기록합니다. 현 시간부로 타인에 대한 극도의 공격성과 폭력성이 위험하다고 판단되어 정신병원의 감금을 요청합니다."

그 말에 하얀 옷을 입고 있던 두 남자는 고개를 끄덕거리고는 기절한 그를 끌고 수송용 차량으로 향했다.

"위험했구나. 그래도 네가 빨리 발견해서 다행이다."

"네."

노형진은 씁쓸하게 웃었다. 빨리 발견한 게 아니라 이렇게 될 거라 예상해 기다리고 있었던 것이다.

"흑흑……."

공포에 굳어서 바들바들 떠는 윤미영을 노형진은 다독거리면서 진정시켰다.

"괜찮아, 괜찮아. 진정해."

그렇게 진정시키면서도 그는 씁쓸한 미소가 나올 수밖에 없었다. 예상했으면서도 방치했다는 건 역시 기분 좋은 일은 아니니 말이다.

"아버지는?"

"당분간은 정신병원에서 알코올중독 치료를 해야 한대."

"그렇겠지."

술에 취해서 딸과 법정대리인 그리고 경찰까지 공격했으니 말이다. 그나마 미리 한정치산을 걸어 놔서 처벌을 면한 거지, 그렇지 않았으면 바로 감옥행이었을 것이다.

"법원에서 금치산을 건다는데, 그게 뭐야?"

"한정치산이랑 비슷한데 좀 더 강력한 거야. 아예 모든 법적인 행위를 못 하게 막는 거지."

"그렇구나."

충격이 컸던 것일까? 그녀는 그저 고개를 끄덕거릴 뿐, 아버지를 걱정하진 않았다.

"아버지 문제가 해결되었으니 드디어 우리 문제를 해결할 수 있겠네."

"될까?"

"이번에는 빼도 박도 못할 거야."

윤미영을 포함해서 피해자 다섯 명 중 네 명이 고소에 동참했다. 한 명은 결국 포기했지만 네 명의 공통된 고소만으로도 충분하다고 봐도 되는 일이었다.

사실 고소장을 넣는 것은 어려운 일은 아니다. 고소장을 넣는 건 그리 대단한 일도 아니며 강간처럼 대형 사건은 학교 폭력처럼 접수를 거부하려고 하지도 못한다.

문제는 그 후였다.

⚖️

"미영아! 문 열어 봐! 선생님이랑 이야기 좀 하자!"

컴컴하게 불이 꺼진 집. 그 집 문을 두드리는 남자.

"미영아, 오해한 거야. 선생님이 널 사랑해서 그런 거야. 알지?"

불이 꺼진 집에 대고 고래고래 소리를 지르는 남자. 그는 이번 사건의 주범인 이규성이었다. 그가 윤미영의 집에 찾아온 것이다.

"내 말이 맞지?"

그러나 윤미영은 그곳에 없었다. 그가 올 걸 예상한 노형진이 그녀를 빼돌려서 자신의 집으로 데려간 것이다.

"이런 녀석들의 행동은 뻔해. 일단 찾아가서 합의하려고 하지."

"어떻게……."

"저 녀석은 선생이니까."

"하지만 소영이 누나한테도 찾아갔다면서?"

"그건 경찰이 알려 줬을 거야."

"경찰이?"

"그래, 경찰이 원래 그래."

좋게 말하면 법률적인 방어권을 인정한다면서 경찰은 강간 피해자들의 연락처와 주소를 마치 당연하다는 듯이 가해자들에게 주고는 했다. 말도 안 되는 짓이다. 그 결과, 대부분의 강간 피해자들은 겁박과 괴롭힘 때문에 합의할 수밖에 없었다. 심지어 온 동네를 돌아다니면서 강간했다고 소문내고 다녀도 모른 척하는 게 경찰이었다. 일하는 것을 무척이나 귀찮아하기 때문이다.

"하지만……."

"내가 알아서 할게."

윤미영의 손을 꽉 잡으면서 진정시키는 노형진이었다.

⚖

"아들아."

"네, 아버지."

"너, 도대체 무슨 짓을 하고 다니는 거냐?"

"무슨 말씀이신지?"

"왜 네 담임이라는 곳이 여기에 와서 미영이를 찾느냔 말이다."

노형진의 아버지는 그가 갑자기 여자아이를 데리고 와서 당분간만 여기에 있게 해 달라고 했을 때 깜짝 놀랐다. 하지만 무슨 사연이 있을 거라고 생각해서 순순히 허락해 줬다.

노형진과 누나가 같이 쓰던 방을 윤미영이 쓰고 노형진은 소파에서 자는 조건이었다. 그런데 담임이라는 작자가 여기까지 찾아온 것이다.

'뭐, 이렇게 나올 줄 알았지.'

고소를 진행했던 네 사람 중 두 사람은 고소를 취하했다. 밤마다 찾아와서 깽판을 치고 주변에 강간당했다는 소문을 내고 다니니 버틸 수가 없었던 것이다. 그러니 남은 것은 윤미영과 강소영인데, 그들에게는 접근도 할 수가 없었다.

미혼모 시설에 있는 사람들은 남자 혐오를 가지고 있다. 그런데 그런 곳에 강간범인 녀석이 오니 미치지 않고서야 접견을 허락할 리가 없는 것이다. 소문이야 어차피 미혼모로 산다는 것 자체가 좋은 소리를 듣고 살 수는 없으니 씹으면 그만이다. 그러니 다급하게 윤미영을 찾는 것이다.

"저한테 찾아올 거라 생각했습니다."

"했다고?"

"네, 학교에서는 저랑 윤미영이 사귀는 걸로 알고 있으니까요."

"사귀어?"

"사실 그건 아니구요."

노형진은 차근차근 아버지에게 지금까지의 일을 말했다. 그리고 실로 오랜만에 아버지가 진심으로 분노하는 모습을 볼 수 있었다.

"지금 그런 놈이 여기를 찾아온 거란 말이냐?"

"아마도 집에 없는 걸 알 테니 이제 갈 만한 곳을 찾겠지요. 그러면 제일 가까운 곳은 아무래도 사귄다고 소문난 제 집일 테구요."

"이런 개 같은……."

차마 아들 앞이라서 욕을 못 하는 듯한 모습이었다. 그때 노형진이 먼저 입을 열었다.

"참 개새끼지요. 그런 게 어떻게 선생 노릇을 하는지."

"넌 어쩔 생각이냐? 설마 계속 그놈이 찾아오게 할 거냐?"

"워워, 아버지, 진정하세요."

아버지의 시선이 구석에 있는 야구방망이로 향하는 걸 보고 노형진은 아버지를 진정시켰다. 안 그래도 성범죄자라는 게 마음에 안 드는 데다가 어찌 되었든 여기도 딸이 있는 집이다. 필요하면 두들겨 팰 모양이다.

"아까 말씀드렸잖습니까? 모든 준비를 끝내고 시작한 싸움이라구요."

"준비가 끝났다?"

"네."

"음."

사실 요즘 법률에 대해서 관심이 많아진 건 알고 있었지만 설마 아들이 법적으로 재능이 있다고 생각하지 못했던 아버지는 다시 한 번 아들을 믿어 보기로 했다.

"좋다. 널 한번 다시 믿어 보마. 하지만 조건은 있다."

"조건?"

"미영이는 여기서 나가야겠다."

"네?"

순간 생각지도 못한 말에 노형진은 깜짝 놀랐다. 설마 아버지가 그런 이기주의자라고는 생각하지 못했던 것이다.

하지만 그게 착각이라는 것을 깨닫는 데에는 얼마 걸리지 않았다.

"안 그래도 저 녀석 때문에 불안해하고 우리 눈치를 보더구나. 피해자가 그렇게 고통받는 건 나도 이해 못 한다. 더군다나 현아도 있으니 강간범이 오는 건 기분 좋지도 않고."

"하지만 갈 곳이 없는데요?"

"호텔을 구해 주마. 모텔은 아무래도 보안 문제가 있으니 당분간은 호텔에서 생활하고 방을 좀 알아봐 주도록 하마."

"아버지."

"나도 딸 가진 입장에서 저런 쓰레기 같은 놈은 그냥 두고 싶지 않다. 너희 누나를 생각해 봐라."

그 말에 노형진은 고개를 끄덕거렸다.

누나가 그 쓰레기 때문에 인생이 망가지고 일본에서 쓰나미로 객사했을 때 아버지는 진짜로 그 쓰레기 녀석을 죽이려고 했다. 주변에서 말리지 않았다면 진짜로 죽였을지도 모른다.

"걱정 마세요. 이 일은 얼마 못 갑니다."

$$\text{⚖}$$

"형진아, 스승님이라는 존재는 말이다."

이 문제는 결국 커질 수밖에 없었다. 하지만 학교에서는 어떻게 해서든 사건을 은폐하려고 노력하고 있었다.

"스승이라는 존재는 제자를 강간하라고 있나 봅니다."

"노형진!"

"제가 틀린 말 했습니까?"

"끄응."

보통 선생들끼리의 회의에 학생을 끼울 일은 없다. 하지만 오늘은 노형진이 끼어 있었다. 윤미영이 학교에 안 나오는 상황에서 유일한 접점이라고 할 수 있는 건 그뿐이기 때문이다.

"선생님은 말이다."

"선생이라는 이름을 더럽히지 마십시오, 이규성 씨."

"뭐라고?"

"이규성 씨라고 불렀습니다."

"너 이 새끼!"

어떻게 해서든 그를 설득해서 자리를 만들어 보려던 이규성은 발끈해서 자리에서 일어났다. 하지만 노형진은 그런 그를 비웃었다.

"솔직히 말해서 드러난 것만 미성년자 강간 네 건입니다. 그런데 학교에서는 처벌도 안 하고 아직도 선생질하게 둔다는 걸 솔직히 전 이해 못 하겠네요."

"크흠, 노 군, 아무래도 혐의가 인정된 건 아니니 말일세."

그러니까 혐의가 인정될 때까지 아동 성폭행범을 아동들과 같이 두겠다는 소리였다.

'이건 완전 미친 개소리지.'

합당하게 처리하려면 일단 정직시킨 상태에서 재판이 끝난 후에 복직시키는 게 정상이다. 일반 강간범도 아니고 아동 강간범이다. 일반 강간범이 재범률이 60%라면 아동 강간범은 80%나 될 만큼 재범률이 높은데 말이다.

'끼리끼리 붙어먹겠다는 거지.'

안 봐도 뻔하다. 바깥에서는 못 봐도 학교에서는 부딪칠 수밖에 없으니 입박 해서 힙의를 유도에 내겠다는 뜻이다. 물론 그걸 모른 노형진이 아니었다.

"뭐, 그렇게 말씀하시면 저도 방법이 없네요."

"그러니까 미영이한테 연락해서 일단 사과받는 선에서 합의하고……."

또다시 교장이 합의 이야기를 꺼내는데 노형진은 종이 한 장을 꺼내 들었다.

"조만간 법원에서 연락이 오겠지만 일단 알려 드려야겠네요."

"그건?"

"법원에서 나온 접근 금지 명령서입니다. 법원의 접근 금지 명령에 의거하여 가해자 이규성은 피해자 윤미영과 그 증인인 노형진에게 200미터 내 접근하는 것이 금지되었습니다. 이 효과는 즉시 발효됩니다."

"뭐라고?"

순간 멍한 얼굴이 되는 선생들. 그럴 수밖에 없는 게, 200미터라면 이 학교보다 더 큰 반경을 가지는 공간이기 때문이다.

"현 시간부로 가해자를 학교 내에서 내보내 주시기 바랍니다."

"노형진!"

"자, 자, 이 선생, 진정하고. 형진아, 아무리 그래도 그렇지, 선생님을……."

"거부하시는 건가요?"

"거부하는 게 아니라 말이다."

"거부의 의사로 알겠습니다."

노형진은 전화기를 들었다. 그러고는 경찰서에 바로 전화했다.

"뭐 하는 짓이야!"

"모르시나 본데요. 접근 금지 명령을 어기는 사람에 대해서는 전 경찰에 보호 요청할 수 있습니다."

"뭐라고? 선생님한테 그러면 안 되지!"

"그러니까 그 선생이라는 게 왜 제자를 강간하는 놈이냐구요."

화내 봐야 결국에는 진다. 그게 재판에서의 싸움이다. 가슴은 뜨겁게, 그러나 머리는 차갑게. 그것이 재판에서의 싸움의 기술. 당황해서 우왕좌왕하는 선생들과 감정적으로 선생이라는 이름에 기대어 윽박을 지르는 학교장은 절대 이 싸움에서 이길 수 없다.

"실례합니다."

드디어 회의실 문을 열고 들어오는 경찰. 노형진은 그들에게 법원 명령을 보여 주고 이규성을 정확하게 지정해 줬다.

"대상자입니다."

"크흠."

경찰들도 곤혹스럽기는 한 모양이지만 어쩔 수 없었다. 법원의 명령은 확실했으니 말이다.

"지금 냉상 200미터 바깥으로 나가 주시기 바랍니다."

"뭐라고요? 지금 회의 중인데."

"안 하시면 법원 명령에 의거, 저희가 연행하는 수밖에 없습니다."

그 말에 멍하니 경찰과 노형진 그리고 교장을 바라보던 이규성은 결국 터지고 말았다.

"쌍!"

화를 버럭 내면서 바깥으로 나가는 이규성. 노형진은 그걸 확인하고 교장 선생님을 바라봤다.

"교장 선생님, 정직시키시겠습니까? 아니면 업무상 배임으로 고발 넣을까요?"

"업무상 배임?"

"학교장에게는 범죄자로부터 미성년자인 학생을 보호하는 책임도 있습니다. 그러나 그 범죄자가 선생이고 아는 사이라는 이유로 이미 한 번 법원 명령을 거부하셨지요. 정직시키지 않으시겠다면 정식으로 업무상 배임으로 고발할 뿐만 아니라 교육청에 아동 성폭행범에 대한 옹호 문제로 민원을 제기할 겁니다. 어느 걸 선택하시든 그건 선생님의 선택이죠."

"이런……."

교장이 선택할 수 있는 것은 결국 하나뿐이었다.

⚖️

"조용하네."

"그래."

학교에는 폭풍이 불었다. 선생이라는 작자가 아동 성폭행범이라는 소문이 돌자 부모님들이 매일같이 아이들을 데리러 오기 시작한 것이다.

"애들은 안 괴롭혀?"

"다행히도."

"다행이네."

아직 사회에 찌들지 않아서 그런지 아이들은 피해자인 윤미영을 불쌍하게 생각해서 보호해 주려고 노력하고 있었다. 그리고 알게 모르게 이규성이 여학생들에게 던지던 수많은 성추행들과 추파에 대해서도 소문이 나고 있었다.

"넌 어쩔 거야?"

"나? 나야 뭐."

"나 때문에……."

"너 때문이 아니라니까. 어차피 이 짓도 얼마 할 생각 없었어."

학교 내에서 선생들은 노형진을 대놓고 싫어했다. 그럴 수밖에 없었다. 그들의 입장에서는 선생의 권위에 도전하는 싸가지없는 학생으로만 보였던 것이다.

"강간범이 가르치는 학교 따위 다니고 싶지 않아."

"하지만……."

"넌 전학 준비는 잘되어 가?"

"응? 아……."

결국 윤미영은 전학을 결정했다. 당장 아이들은 윤미영을 불쌍하게 생각하고 챙겨 주지만 이 빌어먹을 나라에서는 부모님들도 문제였다. 벌써부터 강간당했다고 거리를 두라는 정신 나간 부모님이 있다는 소문이 있으니 말이다.

"어디를 가든 나 잊어버리지 말고."

"어떻게 잊어버려."

지옥에서 허우적거리던 자신의 삶을 구해 준 사람인데 말이다.

"그럼 다행이고."

"미안해."

"거참, 미안할 거 없다니까. 네가 그런 말 안 해도 진짜 이놈의 학교에 오만 정이 다 떨어졌다, 진짜."

그리고 그건 절대 농담이 아니었다.

노형진은 경찰서로 향했다. 오늘은 강소영과 윤미영의 진술이 있는 날이기 때문이다. 물론 그가 진술할 것도 있지만 그건 상대적으로 극히 일부에 지나지 않으며 사실 진술 날짜도 다르다. 하지만 그럼에도 불구하고 노형진은 그녀들과 함께 경찰서로 향했다. 이유는 하나. 보호를 위해서다.

"넌 뭐냐?"

경찰서 안으로 들어가자 담당 형사가 삐딱하게 그를 바라보았다.

"저요? 전 친구 겸 증인인데요."

"아, 그 녀석이구나. 오늘 네가 진술하는 날 아니다. 가라."

"싫은데요."

"어린 새끼가 경찰 말을 왜 안 들어? 가라고."

짜증을 부리는 경찰. 노형진은 고개를 흔들었다. 솔직히 경찰과 싸워 봐야 피곤하기 때문에 하는 짓거리를 봐서 조용히 돌아갈 생각도 있었는데, 하는 짓거리를 보니 절대 우호적이지 않았던 것이다.

'벌써 받아 잡수셨군.'

척 보면 척이랄까? 하긴, 이규성의 입장에서는 다급하니 뭔 짓을 못 하겠는가?

"싫습니다."

"끙, 네가 그렇게 서 있는다고 오늘 해 주지도 않을 건데. 뭐, 알았다. 이름."

그렇게 시작된 조사. 하지만 노형진은 잠깐 보다가 기가 막혀서 말이 안 나왔다.

'썅, 나 안 왔으면 어쩔 뻔했어?'

멋모르고 대답하는 두 사람인데, 정작 그 질문이라는 게 절묘하게 합의에 의한 행위로 몰고 가는 느낌의 질문만 던지고 있었던 것이다. 그것도 아주 노골적으로 말이다.

"그래서 이규성이 빨라고 해서 빨았냐?"

"네? 그게……."

"했지?"

"……."

"대답해."

"네."

"오케이. 가해자의 부탁으로 오럴 행위를……."

분명 사실이긴 하지만, 이 글을 보는 재판부는 명백하게 상호 간의 합의라고 오해할 만한 문구만을 사용해서 작성하고 있었다.

쾅!

강소영의 조사, 아니 취조를 듣고 있던 노형진은 '쾅' 소리가 나게 책상을 두들겼다.

"뭐야? 왜 업무를 방해해?"

"경찰청 강간 사건 처리 지침은 엿 바꿔 드셨나요?"

"뭐?"

"제가 알기로는 분명히 강간 사건 처리 지침이 있을 텐데요."

"그거야……."

그 말에 당황하는 경찰. 그도 그럴 것이, 분명히 존재하지만 대부분 지키지 않기 때문이다. 아니, 알려 주지 않는다고 봐야 한다. 그래 봤자 자기들이 힘들어지기 때문이다.

"첫째, 이러한 공개적인 장소에서는 그런 노골적인 묘사 및 행위에 대한 취조를 금지한다. 둘째, 피해자의 요청이 있는 경우 취조하는 경찰은 여성으로 한다. 셋째, 피해자 중에 미성년자가 있는 경우 아동심리학자의 동석 등 정신적 충격을 받을 수 있는 행위에 대한 사전 조치를 취해야 한다."

"……."

"더 말씀드릴까요?"

그 말에 똥 씹은 표정이 되는 경찰. 자신에게 배정이 떨어졌고 그걸 무마해 주는 조건으로 상당한 금액을 받았는데 이런 식으로 나올 거라 예상하지 못했던 것이다.

"저야 뭐, 증인으로 온 거니 이런 말은 못 하지만, 두 사람에게는 해당 사실을 고지해야 하는 거 아닌가요?"

"크흠, 바쁘다 보니……."

모르는 척 슬쩍 고개를 돌리는 경찰. 노형진은 두 사람을 바라보았다.

"어쩔까요?"

"그런 게 있으면 당연히 해야지."

"끄응, 알았다."

결국 포기하고 자리에서 일어나는 경찰. 잠시 후 세 사람은 작은 취조실로 향했다. 그리고 그 안으로 여자 경찰 한 명과 여자 한 명이 들어왔다.

"안녕하세요."

간단한 소개를 하고 시작하려는 찰나, 여자 경찰이 노형진을 바라보았다.

"나가 주셨으면 하는데요."

"네? 왜요?"

"당연히 조사해야 하니까요."

"아! 그렇군요."

"네, 그러니까 나가 주세요."

"네, 그런데 말입니다. 이거 취조인가요, 아니면 조사인가요?"

"그게 무슨 말씀이신지?"

"취조라면 제가 나가는 게 맞습니다만 단순 피해자 조사라면 제가 나갈 의무가 없거든요? 피해자가 심적 안정을 위해서 동행인을 선택하는 건 자유입니다만?"

그 말에 뭐 씹은 듯한 얼굴이 되는 여경.

'그럴 줄 알았지.'

아마도 남자 경찰이 뭐라고 했을 테니 자신을 빼내고 질문하려고 했을 것이다.

'그러고 보니……'

노형진은 여자의 이름이 왠지 익숙하다는 사실이 생각났다. 물론 현직에 있을 때라면 경찰의 이름이 익숙할 수도 있지만, 지금은 현직도 아니고 과거가 아닌가?

'어디서 많이 들어 본 이름인데……'

한참을 고민하던 노형진은 밖으로 나가 대기실에 있던 공용 컴퓨터로 인터넷에 검색했다. 그리고 쫘악 뜨는 정보들. 그걸 본 노형진은 얼굴을 찌푸리더니 바로 취조실 안으로 향했다. 그러고는 여자 경찰을 노려보면서 한마디 했다.

"담당 변경을 요구합니다."

"뭐라구요?"

"왜 그래?"

"무슨 일입니까?"

이것이 법이다

강소영과 경찰 그리고 심리 상담사까지 깜짝 놀란 얼굴이 되었다. 이런 경우는 드물기 때문이다. 남자야 수사상 그렇다고 쳐도 여자 경찰까지 바꿔 달라고 하다니.

"이유를 알 수 있을까요?"

상담사는 심각한 얼굴로 물어봤다. 아는 게 있다면 자신도 알아야 하기 때문이다.

"이 여경의 이름이 익숙해서 찾아봤는데 과거에 집단 강간을 옹호했던 전력이 있는 분이시네요?"

그 말에 갑자기 얼굴이 창백해지는 여경이었다. 그 말은 사실이었다. 집단 강간 사건이 터졌을 때 당할 만하다면서 마구 욕을 했기 때문이다.

"그거야…… 어렸을 적에……."

애써 변명하는 그녀. 하지만 그렇다고 해서 바뀌는 건 없다.

"뭐, 그건 어렸을 적에 했던 일이라고 해도 경찰 면접에서 이러셨다면서요? 강간범의 입장에서 생각해서 여자가 강간 당할 짓을 하지 않았는지까지 생각하면서 수사하겠다? 이것의 어딜 봐서 강간 담당 경찰이 할 말입니까?"

"……."

그 말에 완전히 창백해져서 고개를 푹 숙이는 여자. 그리고 그 소리를 들은 상담사도 얼굴을 찌푸렸다.

"그렇다면 강간 사건에 대한 담당 형사로는 적합하다고 볼 수 없군요. 선입견이 들어갈 수 있는 수사관의 배제를 요청합니다."

그 말에 결국 고개를 푹 숙이고 나가는 여경. 한참이 지나서야 다른 여자 경찰이 들어왔고 노형진은 그녀 앞에 전화기를 내려놨다.

"공정성을 위해서 현 시간부터 모든 청취를 녹음하겠습니다."

"그건 불법인데요?"

"당사자가 하면 불법이 아니죠. 이거, 누나 핸드폰이거든요. 그렇지, 누나?"

"응, 내 거 맞아. 녹음할게요."

그 말에 경찰은 다시 똥 씹은 얼굴이 되었다.

"너 안 만났으면 큰일 날 뻔했다."

"뭐, 기본이죠."

아니나 다를까, 경찰들은 사전에 어떤 부탁을 받았는지 질문을 묘하게 던짐으로써 마치 강간당한 것이 아니라 동의한 것처럼 보이도록 하려고 했다. 물론 그때마다 노형진이 태클을 걸었고, 나중에는 상담사조차 자꾸 이런 식으로 질문하면 민원을 제기하겠다고 할 정도였다. 결과적으로 질문을 묘하게 던짐으로써 합의에 의한 관계로 몰아가려던 방법은 실패할 수밖에 없었다.

"이거 참, 너무 뻔하달까?"

결국 거기서 차단하지 못한 채로 재판이 시작되고 이규성은 변호사를 사서 달려들었다. 아니, 그럴 수밖에 없었다. 강소영과 윤미영의 사건은 합의하지 못했기 때문이다. 이대로라면 잘릴 뿐만 아니라 감옥에 가야 하니 당연한 일이다.

"문제는 우리나라 사법 체계인데."

웃기게도 우리나라는 형법 재판에 피해자가 참가하지 못한다. 가해자는 변호사를 사서 방어가 가능하지만 피해자는 검사가 대변하는데, 문제는 검사라는 직종이 공무원이다 보니 그다지 열심히 하지 않는다는 것이다. 적당히 처벌이 나오면 그만둔다. 그러니 아무리 피해자가 억울해도 집행유예가 나오는 건 어쩔 수가 없었다.

"그건 방법이 없어?"

"솔직히 우리가 전관을 사서 압박을 넣지 않는 이상에야 불가능하지."

검사는 철저하게 피해자는 배제하고 사건을 진행한다. 그러다 보니 법률상 가해자가 더욱 보호받는 이상한 형태가 되어 버린 것이다. 심지어 검사가 부르지 않으면 재판에도 참석하지 못하는 게 피해자다. 그건 노형진도 어쩔 수 없는 부분이었다.

"일단 우리가 할 수 있는 건 다 했다고 보면 돼."

"고마워."

"별말을."

전학 가는 날. 마지막 짐을 트럭에 올린 윤미영은 마지막으로 노형진과 마주 보고 서 있었다.

"가더라도 잘 살고."

"응."

"무슨 일 있으면 바로 전화해. 내 능력, 알지?"

"잘 알게 되었지. 덕분에."

"후후후."

경찰조차도 치를 떨 정도의 법률적 지식으로 완벽하게 성공했으니 말이다. 변호사가 아닌 현 상황에서는 이 정도가 한계였다. 변호사라면 검사와 거래라도 해 보겠지만 말이다.

"가끔 연락할게."

"그래라."

윤미영은 이리저리 찾은 끝에 결국 먼 친척이 사는 곳으로 가게 되었다. 미성년자인 그녀가 혼자 살 수는 없기 때문이다. 그렇다고 고아원에 갈 수도 없고 말이다. 문제는 그곳이 저 멀리 있는 곳이라 차를 타고도 네 시간은 가야 한다는 것이다.

"네가 아니었으면…… 난 아마 아직도 지옥에 있었을 거야."

"그러니까 도움이 필요하면 말해."

"알았어."

마지막 날이 될 것이라는 것에 윤미영은 왠지 섭섭하고 미안했다. 자신 때문에 온갖 불이익은 다 당했던 형진이다. 아마 학교생활도 쉽지는 않을 것이다.

"갑시다. 멀어서 한참 가야 해요."

"네!"

운전기사의 재촉에 대답한 형진은 미영을 바라보고 웃었다.

"잘 가라. 건강하고."

"그래, 잘 있어."

"응."

그렇게 보내려는 찰나, 갑자기 미영이 기습적으로 형진의 입술에 뽀뽀했고 형진은 순간적으로 얼어붙었다.

"고마웠어. 영원히 잊지 않을 거야."

그러고는 후다닥 차로 뛰어가는 윤미영. 그걸 본 운전기사는 피식 웃더니만 차를 출발시켰다. 그사이에도 형진은 계속 얼어붙어 있었고 말이다.

"이런, 이런……."

완전히 차가 멀어지고 난 후에야 정신을 차린 노형진.

"첫 수임료치고는 나쁘지 않은데?"

피식 웃음이 나왔다. 그러고는 몸을 돌려서 들어가려고 했다. 그러나.

히죽.

"움스."

자신을 바라보고 있는 누나를 볼 수 있었다.

"뽀뽀했네."

"……."

"엄마, 형진이 뽀뽀했대요!"

"잠깐! 돌려줄게, 만 원!"

"이자까지 주셔야지, 오호호호."

'망할.'

그렇게 형진은 이자까지 1만 5천 원을 줄 수밖에 없었다.

아버지라는 존재

　"마무리를 해야겠군."

　노형진은 신문을 보면서 중얼거렸다. 이제 2학년의 마지막을 향해서 달려가고 있고 대부분의 문제는 해결되었다. 이규성은 징역 5년 형이 나왔다. 선생이라는 직위로 장시간에 걸쳐 미성년자를 강간한 게 인정된 것이다.

　"미쳤군, 미쳤어. 미성년자를 네 명이나 강간했는데 고작 5년이라니."

　미국 같으면 종신형을 받아도 부족할 일인데 말이다.

　"제대로 미쳤다니까, 진짜. 뭐, 끝이 아니기는 하지만."

　노형진은 사건이 끝나고 난 후 다른 여학생들을 설득했다. 직접적인 강간은 윤미영뿐이었지만 성추행은 상당히 많았던 것이다. 그들을 좋게 말하면 설득, 나쁘게 말하면 선동했다. 학부모들도 설득해서 제대로 본을 보이지 않으면 또다시 강간범이 학교에 들어올지도 모른다고 겁을 주자, 모든 부모들이 이규성을 강제 추행으로 고발했다. 그걸로 못해도 2년은 늘어날 것이다. 피해자가 백 단위를 넘어가니 말이다.

"그래 봤자 7년이지만."

7년 후라고 해도 여전히 이규성의 성적 능력이 살아 있을 시점이니 안심할 수는 없는 일이기는 하다.

"망할 소아 성애자들."

신문을 던진 노형진은 책상에 붙어 있는 합격증을 바라보았다. 그사이에 시험을 봐서 중학교 검정고시와 고등학교 검정고시를 한 번에 붙어 버린 것이다.

"역시 그만둬야겠어."

친구들과의 우정 때문에 잠깐 흔들리기도 했지만 이번 사태를 겪으면서 학교에 대해서 구역질이 날 정도로 싫어져 버렸다. 다른 것도 아니고 아동 성폭행범에게 학생을 맡길 생각을 한다는 것 자체가 어이없었기 때문이다.

"이것만 정리하면 끝이구나."

남은 것은 강소영의 친자 확인 소송뿐이다. 그걸 끝내면 자신은 수능을 보고 결과를 가지고 당당하게 부모님에게 스스로 법률 공부를 하겠다고 할 수 있었다. 그렇게 되면 어쩌면 최연소 사법시험 합격자 타이틀을 거머쥘지도 모른다.

이것이 법이다

"최연소라……. 뭐, 그것도 나쁘지 않네. 자, 가자."

그는 가방을 메고 바깥으로 나왔다.

⚖

"이 정도면 되고요."

"이렇게 쉬워?"

"솔직히 말해서 친자 확인 소송 및 양육비 청구 소송은 무척이나 쉬워요. 확실한 증거가 있으니까."

"증거?"

"유전자요."

"아!"

그 소송이 쉬운 이유는 바로 아이가 가진 유전자 때문이나. 아무리 날고뛰어도 유전자를 바꿀 수는 없으니 유전자 검사 한 방이면 모든 것이 끝난다. 그래서 친자 확인 소송과 양육비 청구 소송은 무척이나 쉽게 끝나는 소송 중 하나였다.

"이런 걸 800만 원이나 달라고 하다니."

고작 하루 만에 소장부터 검사 요청서까지 다 나오는 걸 보고 허탈하게 말하는 강소영.

"뭐, 변호사라는 게 돈을 보고 하는 직업이니까요."

마지막 확인을 하고 서류를 건네주는 노형진.

"잘될 거예요."

그는 믿어 의심치 않았다. 너무나 확실한 증거가 있기 때문이다. 하지만 모든 일이 생각대로 풀리는 것은 아니었다.

⚖️

"기각?"

기각. 사건 자체가 성립이 안 되어 재판하지 않겠다는 의미였다.

"기각이라니, 증거가 있으면 쉬운 싸움이라면서?"

"그러니까 그게…… 끄응…….."

서류를 보던 노형진은 생각지도 못한 사태에 당황했다.

"사망자라는데요, 대상이?"

"사망? 죽었다고?"

"아버지로 특정된 사람이 두 달 전에 교통사고로 사망했대요."

"두 달 전이면…….."

한창 소송 준비를 하느라 바쁜 시기였다.

"모르셨어요?"

"애를 지우라고 해서 도망친 후에…… 연락을 안 해서…….."

"끄응."

대상자가 사망했으니 생각지도 못한 문제가 생긴 것이다.

"어쩌죠? 그럼 영민이는…….."

"뭐, 방법이 없는 건 아닙니다. 상속자로 인정받을 수 있어요."

"상속자?"

상속자란 말 그대로 재산을 상속받는 사람을 뜻한다. 시간상으로 봤을 때 그 아버지라는 사람의 사망은 명백하게 영민이, 즉 아이가 출생하고 난 후에 이루어졌다. 그렇다면 법률적으로 그는 상속자로서 인정받아 재산의 일부를 받을 수 있다.

"이규성한테 손해배상 받은 것과 상속재산만으로도 사시는 데 지장은 없으실 거예요."

듣기로는 좋은 차를 끌고 다니는 부자였다고 하니 상속재산이 적지는 않을 거라 생각한 형진은 강소영을 위로했다.

"그럼 누구한테 소송해야 하는데? 당사자가 없는데?"

"뭐, 이런 경우는 일단…… 부모님, 그러니까 영민이 할아버지나 할머니죠. 유전자는 대를 이어서 넘어가니까."

"주려고 할까?"

"'주려고 할까?'가 아니라 줘야 합니다. 법이 그래요."

안 주면 압류하면 그만이다. 문제는 그의 할아버지나 할머니가 누군지 알 수 없다는 데에 있다. 그의 주소도 모르기 때문에 전화번호로 특정해서 소송을 넣었는데 죽은 사람이면 소용이 없기 때문이다.

"이건 엄밀하게 말하면 불법이기는 한데."

"불법?"

"네. 사람을 찾는 방법이 있죠."

홍신소. 사람을 찾아 주는 곳.

물론 진짜 사람을 찾아 주는 곳도 있지만 사람을 속이는 사기꾼도 존재한다. 찾아 준다고 선불금만 받고 일은 안 하는 것이다. 하지만 다행히도 노형진은 오랫동안 활동했던 홍신소 몇 곳을 알고 있었고 그중 몇 개는 지금도 존재한다. 물론 지금은 아직 작은 곳들이지만 말이다.

어찌 되었든 노형진은 그런 곳을 강소영에게 소개해 줬다. 자신이 간다면 대꾸도 안 해 줄 게 뻔하니까. 그리고 그들이 가지고 온 주소를 봤을 때 노형진이 할 말은 한마디뿐이었다.

"어…… 니미 씨발."

확실히 능력이 있는지 아버지라는 작자의 이름과 전화번호로 원래 주소와 아버지, 그러니까 할아버지가 되는 인간이 누구인지까진 알아냈는데 그게 욕 나올 상황이었던 것이다.

"유민택? 그 유민택?"

"유민택이 누군데?"

"모르세요?"

"나야 모르지."

"끄응……."

하긴, 일반인이 유민택이라는 이름을 외우고 다니진 않을 것이다. 하지만 법률계에 있던 사람들치고 그 이름을 모르는 이가 없다.

"유민택. 대룡그룹의 회장님이죠."

"뭐라고? 잘못된 거 아냐? 대룡그룹이라니?"

"잘못 온 게 아닐 겁니다. 주소랑 가족 관계도 맞아요. 가족 이야기를 해 준 적 없다고 했죠?"

그 말에 고개를 끄덕거리는 강소영. 하긴, 척 봐도 잠자리 상대로 취급하려고 했던 게 뻔하니 가족 이야기를 할 리가 없지.

"편의점에서 아르바이트할 때 만나서."

"누나는 점원이고 그쪽은 손님이었겠지요."

뻔할 뻔 자다 마을에 드니까 주러시 이렇게 잠자리 상대로 삼으려고 했겠지. 그러다가 애가 생기니 지우라고 하고는 후다닥 도망간 것이다.

'이 개놈의 자식, 최후까지 대형 똥을 싸지르고 가네.'

그런데 대상이 유민택이라는 상황에 노형진은 당황하지 않을 수가 없었다.

"그럼 양육비를 못 받는 거야?"

우울한 표정이 되는 강소영이었다. 하긴, 아무리 이규성에게서 돈을 받았다고 해도 그건 방을 구하면 땡이다. 당장 필요한 용품을 사려면 양육비가 절실했다.

"하아, 그게 말입니다. 받을 수야 있겠죠."

"그럼 달라고 하자."

"그렇게 쉬운 게 아니에요."

"쉬운 게 아니라니?"

"끄응, 그러니까 말이죠. 이건 상속의 문제라는 건데…… 쉽게 말하면, 유민택의 아들이 세 명 있거든요. 아니, 있었죠. 근데 한 명이 어려서 사고로 죽었어요. 그리고 남은 아들은 두 명인데 그중 한 명이 애아버지라는 거죠."

"그래서? 그게 양육비를 못 주는 조건이라도 되는 거야?"

"양육비가 문제가 아니라…… 아버지가 죽으면 그 상속권을 아들, 그러니까 유민택의 손자가 받게 되는데 첫째 아들은 결혼도 못 하고 죽었고, 막내아들은 결혼은 했는데 딸만 두 명이고, 둘째 아들은 결혼하기도 전에 죽은 거죠, 공식적으로는."

"공식적으로?"

"유상민. 영민이의 아버지요. 공식적으로는 결혼을 하지 않았지만 일단 유전적으로 아버지가 맞으니……."

걱정스러운 표정으로 영민을 바라보는 노형진이었다.

"그럼 양육비는 주겠지. 그래도 할아버지가 부자라는데 양육비를 안 줄까? 안 주면 어쩌지?"

단순히 양육비만 생각하는 강소영을 보자 노형진은 갑갑해졌다. 하긴, 그런 치열한 법률적 세계를 모르니 그저 아들

하나 잘 키워 보겠다는 생각뿐일 것이다.

'하필이면…….'

아마도 원래 역사에서는 그녀는 양육비를 받지 못했을 것이다. 만약 받았다면 자신이 기억할 테니까. 그럴 수밖에 없는 게, 이제 하나 남은 아들이 결국 유민택이 죽고 나서 회사를 물려받았는데 욕심만 많고 무능해서 그 회사를 고작 10년 만에 작살내 놨기 때문이다. 결국 10년 후 대룡그룹은 파산이라는 딱지만 남기고 사라져 버렸다.

"문제는 대룡그룹, 아니 유민택의 재산이에요. 누나는 그냥 한 달에 돈 백 정도만 받아도 되겠다고 생각하겠지만."

"그거면 솔직히 우리 영민이 기저귀값이랑 분유값은 하잖아. 나머지는 내가 벌어야지."

참 당찬 엄마이긴 한데 현실감각이 약간 떨어지셨다. 하긴, 이러니까 남자들에게 쉽게 당하는 것이리라.

"단도직입적으로 말할게요. 뭐, 돌려 말할 필요도 없지만 유민택의 공식적인 재산이 1조 2천억이에요. 비공식은 아무도 모르고요."

"근데?"

"문제는 자식 세 명 중 한 명이 죽었고 남은 두 명 중 또 한 명이 죽었다는 거죠."

"그래서?"

"세 명이서 1조 2천억을 나누면 한 사람당 4천억의 계승권을 가지죠. 근데 한 명이 죽었으니 두 명이서 나눠야 하는데, 그럼 한 사람당 6천억이라는 돈을 가지는 거죠."

"그런데?"

"문제는 그 두 명 중 한 명이 죽었다는 거죠. 그럼 한 명이 1조 2천억을 혼자서 상속받게 되어 있는데 갑자기 죽은 아들의 아이가 나타나는 거죠. 그리고 현행법상 그 아이는 아버지의 상속권을 가지게 됩니다."

"그 말은 설마……."

"이 아이는 6천억의 상속자라는 거죠."

그 말에 순간 말을 하지 못하고 입을 쩍 벌리는 강소영이었다. 600만 원도 없는 처지다. 그런데 6천억이라는 거액의 상속자라니.

'문제는 그게 아닌데.'

사실 단순히 상속의 문제라면 노형진이 이렇게 걱정할 리가 없다. 문제는 유민택의 막내아들인 유상호였다.

'그때는 증거 불충분으로 나오기는 했는데.'

거대 재벌의 자제 두 명이 사고로 죽는다는 게 뭔가 이상하지 않은가? 그것도 둘 다 자동차 사고로 말이다. 둘 다 뺑소니에, 증인도 범인도 못 찾았다.

'젠장, 이거 더럽게 꼬이는데?'

당연하게도 의심받았고, 소문에 따르면 검찰 내부에서 수사하기도 했다고 한다. 하지만 유민택이 죽고 난 후 돈을 물려받은 유상호가 막대한 자금으로 로비하면서 모든 사건은 흐지부지되고 말았다.

'소문이 사실이라면…….'

검찰이 수사할 수밖에 없었던 이유. 그건 바로 유상호가 그들의 사망에 직접적으로 연관되어 있다는 소문이었다.

'그게 사실이라면…….'

만일 소송해서 유영민의 신분이 드러나게 된다면 그가 그냥 둘 리가 없다는 것이다. 비록 원래 역사에서는 드러나지 않아서 대룡그룹을 물려받았다가 결국 날려 먹었지만 말이다.

'그러고 보니 아버지인 유민택도 독살일 가능성이 높다는 이야기가 있었지.'

일부에서는 검사하기 힘든 특수한 독을 사용한 것이 아니냐는 이야기도 나왔다. 왜 그랬느냐면, 유민택이 죽자 유상호는 바로 화장했기 때문이다. 그 정도 되는 재벌이면 화장이 아니라 매장하는 것이 일반적인 행동인 데에 비해 상당히 의심스러운 정황이었다. 자기 말로는 한국의 매장 문화를 바꾸기 위해서 노블레스 오블리주로 한 거라고 하는데 믿을 수가 없었다.

"그걸 아셔야 해요. 사실 유산 문제는 어찌 보면 중요한 게 아니에요."

"응? 뭘?"

6천억이라는 말에 반쯤 혼이 나가 있던 강소영은 노형진의 말을 놓쳤는지 다시 되물었다.

"뭘 알아야 하는데?"

"영민이는 유민택의 자손으로는 유일한 남자라는 거."

"그게 무슨 소리야?"

"맏아들에게는 아이가 없고 막내아들에게는 딸만 두 명이죠. 즉, 가부장적인 현실과 유민택의 보수적인 성향을 생각할 때 만일 유전적으로 확인된다면 유일한 남자인 영민이는 단순히 상속자가 아니라 후계자가 된다는 거죠."

"후, 후계자?"

"네, 영민이는 대룡그룹의 유일한 남자 직계 자손이니까. 더군다나 유민택은 유씨 가문의 종손으로 알려져 있어요. 실질적으로 대가 끊어지기 직전인 상황이죠. 근데 이제는 짠하고 대를 이을 손자가 나타나는 거죠."

한국은 여전히 남성 위주의 사회라 집안은 남자가 일으켜야 한다고 생각한다. 그 상황에서 이제는 포기한 남자 자손이 생긴다면 가부정적인 시대를 살아온 유민택이 그를 후계자로 세우려고 하는 것은 당연한 일일 것이다. 더군다나 종손이라는 이유로 가문과 집안에 대해서 어려서부터 교육받은 유민택은 대가 끊어지는 것에 대해서 천추의 한이라고 몇 번이나 공식 석상에 말했던 사람이기도 했다. 물론 미래의 일이지만.

'그러면…… 아마 6천억이 아니라 1조 이상을 주려고 하겠지.'

아무리 손녀를 예뻐한다고 하지만 어디까지나 손녀로서 대하는 것일 뿐, 가문과 기업을 이어받을 사람으로는 예뻐하지 않았다는 건 유명한 사실이다. 독살설의 가장 큰 이유 중 하나가 바로 유민택이 회사를 전문 CEO를 영입해서 운영하려고 했던 것이다. 그가 봐도 셋째 아들이자 유일한 생존자인 유상호의 능력은 너무 부족했던 것이다.

'그리고 그걸 발표하고 나서 딱 일주일 뒤에 죽었지.'

정황증거가 사방에 넘쳤지만 막대한 돈과 로비 앞에 모든 것이 흐지부지된 사건. 그래서 상당히 유명했다.

'아, 똥 피하려다가 지뢰 밟았다.'

강간범을 처벌하려고 시작했는데 생각지도 못한 지뢰가 터져 나와 버렸다.

⚖️

"뭐라고?"

유상호는 보고서를 받고서 눈썹을 파르르 떨었다.

"상민 형에 대한 친자 확인 소송이 들어왔어?"

"그렇습니다. 소송 당사자가 사망한 것으로 되어 있어서 기각되었지만."

"근데?"

"강소영이라는 여자입니다."

"처음 듣는 소리인데?"

"아마도 상민 도련님이 생전에 데리고 놀던 여자 중 한 명이 아닐까 생각합니다만…….""

"이런 미친, 죽으려면 곱게 죽을 것이지."

상민이 죽고 모든 문제가 해결되었다고 생각했는데 전혀 예상하지 못한 문제가 튀어나왔다. 친자 확인이라니?

"확실한 거야? 친자가 확실해? 그냥 몸뚱이 막 굴리던 년이 뭐 하나 노리는 거 아냐?"

"모르겠습니다. 하지만 유전자 검사 요청을 함께한 걸 봐서는 그쪽에서는 상당히 확신하는 모양입니다."

"쌍!"

그렇게 확신한다는 것은 유상민의 자식일 가능성이 높다는 소리였다. 그게 맞는다면 자신이 지금까지 공들여서 한 작업들이 모두 의미가 없어져 버린다.

"그년은 어디 있는데?"

"미혼모 시설에 입주해 있는 걸로 되어 있습니다."

"미혼모 시설?"

"유상민 도련님의 비서관으로 일하던 사람의 말에 따르면 한 1년 전쯤에 애를 가졌다는 여자가 있었답니다. 도련님이 아이를 지우라고 했는데 그날로 연락을 끊어 버렸다고…….""

"이런 멍청한!"

자신이었다면 그런 일이 터지면 사고로 위장해서라도 유

산시켰을 것이다. 그런데 멍청하게 그런 일이 터지고 나서도 이리저리 놀러 다니기만 하다니.

"찾아내."

"찾아내서 어떻게 할까요?"

"일단 찾아내서 말로 회유해 봐야지. 안 되면…… 힘을 쓰는 수밖에 없고. 아, 그리고 아버지 이름으로 오는 모든 법원 서류는 중간에서 빼돌려. 아시게 되면 곤란하니까."

하지만 그런 일이 벌어진다면 슬프겠지만 피할 생각은 없었다.

"이런 멍청한 놈 같으니라고."

그는 마지막까지 자기 발목을 잡는 멍청한 자기 형을 욕할 수밖에 없었다.

⚖

"여기서 지내라고?"

"네."

"왜? 미혼모 시설에서는 필요한 걸 다 주잖아?"

"그러니까 문제죠."

아무리 그녀가 손해배상으로 받은 돈이 있다고 하더라도 부자는 아니다. 그런데 비싼 모텔에서 지내야 한다는 사실은 이해할 수가 없었다.

'나도 '혹시나.'라고 생각하고 싶지만.'

대기업의 정보력을 봤을 때 소송을 넣었다가 기각당한 것을 분명히 알게 될 것이다. 그리고 자신이 기억하는 유상호의 소문이 맞는다면 그냥 넘어갈 리가 없다. 절대로 따뜻하게 내 조카라고 받아들여 줄 인간은 아닌 것이다.

'살려 주려면 최소한 변호사 자격증이 있는 시절로 돌려주든가. 이게 뭐야.'

그때라면 언론 플레이라도 가능하다. 그렇게 일단 언론에 던져 두면 아무리 유상호라고 해도 섣불리 손대지 못하게 된다. 그리고 그사이 유전자 검사만 받으면 그냥 땡이다. 근데 지금은 자신은 듣도 보도 못한 2학년짜리 중학생에, 강소영은 사회적으로 천대받는 미혼모일 뿐이다. 나서서 '우리가 대룡그룹의 후계자를 데리고 있습니다.'라고 해 봤자 미친놈 취급받기 딱 좋다.

"제가 좀 알아볼 게 있어서 그러니까 여기에 계세요."

결국 노형진이 직접 움직이는 수밖에 없었다.

⚖

'졸라 빠르네.'

그날 저녁, 다짜고짜 미혼모 시설로 들이닥친 사람들. 그들은 공식적으로는 미혼모들에 대한 지원이랍시고 수백만 원어치 물건을 주고 갔지만 비공식적으로는, 즉 노형진이 봤을 때는 날카로운 눈으로 누군가를 찾고 있었다.

'아마도 소영이 누나겠지.'

대룡그룹의 정보력이라면 사진 하나 구하는 건 어려운 것도 아닐 테니 말이다. 문제는 저걸 보낸 게 회장인지, 아니면 유상호인지 알 수 없다는 것이다.

'아마도 유상호겠지.'

유민택의 성격을 생각하면 절대 저렇게 몰래 와서 스윽 살펴볼 사람은 아니다. 당당하게 집으로 불러들이고 공식적으로 유전자 검사를 할 사람이다. 물론 그 결과 사칭이라고 드러나면 한국에서 살지 못할 정도로 재기 불능 상태로 만들테지만. 어찌 되었든 그는 정면 돌파 스타일이지, 뒤에서 꼼지럭거리는 스타일은 아니다.

'일단은 누가 보냈는지 확인해야 한다.'

문제는 누가 보냈는지 알아낼 방법이 없다는 것이다. 그 와중에 노형진의 눈에 들어온 것은 바로 버려지는 박스였다. 아까 그 기증품을 담아 가지고 왔던 종이 박스들을 바깥에 버리고 있었던 것이다.

'기회다!'

분명 저 종이 박스들은 그 남자들이 직접 손으로 옮겼다. 즉, 어떠한 기억이 있을지도 모른다는 뜻이다. 노형진은 조용히 골목에서 나와서 안쪽으로 다가갔다. 그리고 빈 박스에 손을 올려놨다.

'누구냐…… 누구냐…….'

몇 개의 기억이 뒤섞여 있었지만 많지는 않았기 때문에 금방 주요 기억을 찾아낼 수 있었다.

"빨리 실어라. 가지고 가야 한다."

"네, 실장님."

"그리고 모두 그 여자의 얼굴은 외워 놨겠지?"

"네, 실장님!"

"꼭 찾아야 한다. 그렇다고 경계하게 만들면 안 돼. 우리는 대룡그룹과 전혀 상관없는 곳에서 온 거다."

"알겠습니다."

"혹시라도 도련님의 이름에 누를 끼칠 수 있는 행동은 하지 말도록. 절대로 그 여자가 우리가 대룡이라는 걸 몰라야 한다. 알았냐?"

"네!"

쾅!

그렇게 마지막 트렁크가 닫히는 것으로 기억이 끝났지만 그것만으로도 노형진은 그들을 보낸 게 누군지 알 수 있었다.

"역시 유상호군."

직원들이 미치지 않고서야 회장님을 도련님이라 부르지는

않을 테니 결국 남은 것은 한 명뿐인 것이다.

"벌써 알아채다니…… 어쩌지?"

변호사도 아니고 이렇게 모른 척 다가온 걸 보니 좋은 의미로 온 것 같지는 않았다. 소문이라지만 소문이 언제나 틀린 것은 아니니까.

"일단은…… 다른 방식으로 접근해야겠군."

⚖

"소장을 접수하면 안 된다고?"

"네, 소장에는 기본적으로 그 사람이 어디에 있는지 주소나 연락처를 넣어야 해요."

"만일 안 넣으면?"

"그건 기각되죠."

"전화번호는 괜찮지 않을까?"

"무리예요. 요즘은 기술이 발달해서 50미터 반경 내로 특정할 수 있으니까."

물론 그런 식으로 추적하는 것은 명백하게 불법이다. 하지만 상대방은 대룡이다. 그 정도 기술력이 있을 뿐만 아니라 설사 걸려도 벌금 200만에서 300만 정도는 푼돈 축에도 안 들어가는 것이다.

"소장을 넣으면 섣불리 움직이지 못하지 않을까?"

"그건 상대방이 유명한 사람일 때의 이야기구요. 그리고 당장 소송을 넣으면 못해도 세 달은 기다려야 할 텐데 그 기간 동안 사고로 처리되면 당사자가 없어서 사건은 기각됩니다."

"이런……."

그제야 자신이 무슨 일에 휘말린 건지 알아챈 강소영은 얼굴이 새파랗게 질렸다.

"지, 지금이라도 포기하면 안 돼?"

"처음부터 포기했다면 모를까, 그냥 두고 보지는 않을 거예요."

아예 존재 자체를 모른다면 모를까, 이제는 영민이의 존재를 알고 있다. 이쪽에서 포기한다고 한들 그쪽에서 그냥 놔줄 리가 없다.

'죽으나 사나 가는 수밖에…….'

차라리 처음부터 이런 사건이었다면 진지하게 포기하라고 했을 것이다. 하지만 처음에는 아니었다가 당사자가 죽으면서 상황이 완전히 바뀌어 버린 것이다.

"그럼 어쩌지?"

모텔에 숨어 있는 것도 하루 이틀이지, 영원히 그렇게 살 수는 없다.

"일단은 제가 방법을 찾아볼 테니까 절대로 바깥으로 나가지 마세요."

노형진은 그렇게 말하면서 자리에서 일어났다. 자신이 할 수 있는 최대한 방법을 찾아야 했다.

⚖️

지라시. 보통 한국 사람들이 말하는 지라시는 질이 낮고 품위 없는 가십이나 다루는 신문을 낮춰 부르는 말이다. 하지만 실제로 지라시라는 게 존재하는데, 그건 신문보다는 사설 정보지에 가깝다. 회원제로 운영되며 명확하지는 않지만 도는 소문을 정리해서 올려 두기 때문이다.

그런 지라시의 공신력은 노형진의 경험상 연예 쪽은 반쯤 구라, 아니 대부분이 구라인 경우가 많은 반면, 정치나 경제 쪽은 70% 이상이 사실이었다.

어쩔 수가 없는 것이, 애초에 지라시라는 게 증권가 정보지라는 건데 연예 쪽이야 지껄이는 대로 써도 그다지 문제가 안 된다. 그들이 증권가에 영향을 줄 수 없으니까. 하지만 지라시를 보는 사람들의 목적은 대부분 정치나 경제 쪽 정보의 획득이다. 그러니 그걸 구라로 쓰면 누구도 1년에 300만 원이 넘는 회비를 내면서 지라시를 보려고 하지는 않을 것이다. 그래서 노형진이 선택한 활로가 바로 지라시였다.

'그리고 지라시는 보통 가진 놈이 보기 마련이지.'

1년에 300만 원은 작은 돈이 아니다. 더군다나 소문일 수도 있는 지라시를 300만 원이나 주고 본다는 것 자체가 주식

시장에서 상당한 금액을 굴린다는 뜻이고 그들은 소위 큰손이라는 거다. 그걸 아는 것은 노형진 본인도 그 지라시를 봤기 때문이다. 물론 그가 주식을 한 건 아니다. 하지만 소문 속에는 상당한 정보가 있기 마련이니까. 당연하게도 지라시에 이런 소문이 돌면 섣불리 손대기 힘들어진다.

문제는 지라시라는 존재에 접근할 수 있는 방법을 찾는 게 어렵다는 것이다.

'젠장, 진짜 언제 크냐?'

현직일 때만 해도 정보 라인 한두 개쯤은 있었지만, 지금은 그 정보 라인이 활동할 시기도 아니니 다른 방식으로 찾아보는 수밖에 없었다. 그리고 그 방법이라는 건 무식하기이를 데가 없었다.

"아앙, 형."

"웩!"

순간적으로 가까이 있는 사람의 기억을 읽어 보던 노형진은 하마터면 토할 뻔했다.

"뭐야?"

"아, 아닙니다. 죄송합니다. 속이 좀…….”

후다닥 그 남자에게서 멀어지는 노형진.

"아 쌍, 무슨…….”

섹스 장면이라면 눈요기라도 하겠다고 생각하겠건만 동성 간의 섹스 장면은 차마 보기 힘들었다. 더군다나 몸집이 큰 남자가 오빠라고 하면서 앙탈을 부리는 건 진짜 못 볼 꼴이 었다.

"아…… 언제 찾아."

노형진이 찾는 것은 정보원이었다. 지라시 정보원은 생각보다 많다. 정치계나 연예계, 경제계 등등. 그들의 기억을 찾아서 그들에게 접근하려는 것이다.

"헉헉, 이 짓도 못 하겠다."

문제는 그게 생각보다 힘들다는 것이다. 몇 번이나 시도해 봤지만 사람의 기억을 읽는다는 것은 극도로 정신을 써야 하는 일이었던 것이다. 당장 그때의 감정이나 기분이 그대로 흘러들어 와 아까와 같은 상황에서는 진짜 형용할 수 없는 기분이 들 수밖에 없었다. 동성애자의 쾌락적 감정과 정상인의 일반적인 감정이 충돌하기 때문이다.

"후우, 이 짓을 언제까지 해야 하나……. 아, 진짜 수능 준비는 언제 해?"

검정고시를 통과하자 부모님은 수능 성적을 보고 법률 공부를 허락해 주겠다고 확답했다. 그러니 어떻게 해서든 수능을 잘 봐야 한다.

"원래 계획은 이게 아니었는데."

소장을 한번 써 주면 유전자 검사 한 방으로 끝나는 일이니 자신은 공부에 집중할 수 있었어야 한다. 그런데 생각지도 못한 분쟁에 끼어들게 되다니.

"휴우."

그가 자리에 앉아서 한숨을 쉬고 있자 한 남자가 다가왔다.

"자네 같은 학생이 올 곳은 아닌데?"

"네?"

하긴, 경찰서가 학생이 돌아다닐 곳이 아니긴 하다. 보통 학생은 경찰서를 겁내는 법이니까.

"아, 그냥 견학하러 왔습니다."

"견학?"

"법률 쪽 일을 하려고 하거든요."

"법률 쪽?"

"네."

"어려 보이는데 벌써 마음을 정하고 가는 건가? 당찬 학생이군."

"감사합니다."

"내 잘하라는 의미에서 코코아라도 한 잔 주지."

"주시면 사양은 안 하죠."

자판기에서 한 잔을 빼서 주는 남자. 그걸 받으면서 노형진은 무심코 그의 기억을 읽었다.

"웃!"

"이런, 큰일 날 뻔했네."

"하하하."

그런데 그의 기억을 본 노형진은 하마터면 그걸 놓칠 뻔했다.

'하긴, 일반인이 정보에 접근할 수는 없겠지.'

눈앞에 있는 사람은 형사였다. 그런데 그의 이면에는 지라시 정보원이라는 다른 직업도 있었다. 생각해 보면 당연하다. 지라시에 나오는 정보들의 상당수는 일반인이 접근하지 못하는 것들이니 말이다.

"그래, 법률 쪽 일은 어때 보이나?"

"재미있어 보이던데요?"

"재미있기만 한 건 아니지. 머리 아프기도 하고 말이야."

'뭐, 그거야 누구보다 잘 알지요.'

그렇지만 티를 낼 수는 없는 노릇. 노형진은 코코아를 마시면서 은근슬쩍 운을 띄웠다.

"사실은 기자 쪽도 생각했는데 생각보다 힘들더라구요. 그래서 노선 변경했습니다."

"하하, 기자 쪽도?"

"네, 사방으로 뛰어다니고 여러 사람을 만나야 하는데 저처럼 가만히 있는 걸 좋아하는 사람은 못 할 짓이더군요."

"뭐, 취향 나름이지. 그나저나 기자 쪽이라고 하니, 설마 신문사로 직접 찾아갔나?"

무심결에 질문하는 남자. 심심하던 차에 소일거리라도 생각하는 모양이었다.

"저 같은 게 간다고 대우나 해 주겠어요?"

"하긴, 기자 놈들이 부심이 쩔기는 하지."

"하하."

"그럼 경험을 어떻게 해 본 거야?"

"그냥 학생 기자단을 신청했죠."

"뭐, 그것도 나쁘지 않네."

그가 자신의 말을 들어 주는 것을 확신한 노형진은 슬슬 떡밥을 풀었다.

"그래서 제가 가출 청소년의……."

가장 흔한 주제 중 하나이기도 하고 학생이라는 특성상 서로 어울리기도 편하니 학생에게는 가장 만만한 주제 중 하나다.

"그렇군."

"그러다가 어떤 누나를 만났는데요."

"누나?"

"네, 근데 미혼모더라구요."

"뭐, 미혼모야 흔하지."

별로 신경 쓰지 않는 모양이다. 하긴, 경찰이 미혼모에게 신경 쓸 수는 없는 일이니 어쩔 수 없다.

"그런데 자기 말로는 애아버지가 유상민이래요."

"유상민?"

익숙한 이름에 고개를 갸웃하는 남자.

"거 있잖아요. 얼마 전에 사고로 죽은 재벌 2세."

"풋! 뭐? 누구?"

순간 그는 깜짝 놀라서 마시려던 커피를 뿜었다.

"괜찮으세요?"

"그, 그래, 괜찮다. 그런데 방금 뭐라고 했지?"

"그 누나 말로는 자기가 낳은 애가 유상민의 아이래요."

"네가 말하는 유상민이 얼마 전에 사고로 죽은 그 유상민이 맞는 거냐?"

그걸 본 노형진은 미소를 지었다. 제대로 떡밥을 문 것이다.

"전 모르죠. 그 누나가 그렇게 말했으니까."

그 말에 격하게 흔들리는 남자의 눈동자. 하지만 형사답게 그는 신중했다.

"그냥 한 말이겠지. 그런 거짓말을 하는 사람들이 어디 한두 명이냐?"

"그거야 그렇죠. 거짓말하는 사람이 많긴 하더라구요. 제가 가출한 애를 만났는데……."

슬쩍 말을 돌려 버리는 노형진이었다. 이럴 때 계속 그 이야기를 꺼내면 의심하기 때문이다. 아니나 다를까, 형사는 왠지 조바심이 나는 얼굴이 되었다.

"그래서?"

"집에 가라고 했더니 아버지가 막 때린다고……."

"아니, 그 여자 말이다. 그 후에 어떻게 한다고 하더냐?"

"그 여자?"

"그, 애 낳았다는 누나."

"아, 그 누나! 소송할 방법을 찾고 있대요."

"소송?"

"네, 친…… 뭐였는데…… 친…… 친…….'

"친자 확인 소송?"

"아, 맞아요. 그거."

그 말에 격하게 당황하는 형사였다. 그도 그럴 것이, 요즘 친자 확인 소송은 유전자 검사가 있기 때문에 사기를 치려야 칠 수가 없는 소송이기 때문이다.

"하여간 그 후에 제가 가출한 애를 데리고……."

"가출 말고 그 누나 이야기를 해 보렴."

"별 이야기 없었는데요?"

남자는 주머니에서 지갑을 꺼내더니 5만 원을 꺼내서 형진에게 건넸다.

"좀 더 이야기해 보렴."

"저기, 이 돈은 왜 주시는 거예요? 전 이런 거 달라고 한 적 없는데…….'

"음, 너도 법률계에서 일하는 것을 꿈꾸고 있으니 알겠지만 형사들은 그 뭐냐, 인지 수사, 그러니까 범죄가 있을 수도 있는 사건에 대해서는 자기 스스로 수사를 시작할 수 있거든? 그런데 그런 느낌이 들어서."

'걸렸구나.'

노형진은 속으로 쾌재를 불렀다. 하지만 티를 내지는 않았다.

"딱히 범죄자로는 안 보이시던데."

"그건 좀 알아봐야 하는 거란다. 그래서 어떻게 된 거니?"

"그러니까……."

슬쩍 돈을 받아 챙기는 노형진.

"그 후에 별 이야기는 없었어요. 그냥 자기가 돈이 없는데 혹시 도와줄 변호사를 아느냐고, 나중에 아들 양육비를 받으면 주겠다고 하던데요?"

"아들? 잠깐만, 아들이라고 그랬다고?"

"네, 그게 왜요?"

"아니, 아니다."

아들이라는 말에 형사의 눈이 마구 흔들렸다. 그도 그럴 것이, 유민택이 후계자 문제로 고민하고 있다는 것은 지라시에서 유명한 일이었기 때문이다.

첫째는 사업에 재능이 있었지만 너무 일찍 죽었다. 둘째인 유상민은 사업에 관심 없이 흥청망청 노는 녀석이었지만 관심이 없다 뿐이지 재능 자체는 막내보다 나았다. 한다면 하는 타입이랄까? 문제는 시작하는 게 힘들다는 점이었지만. 하지만 셋째는 욕심은 많은데 게으르고 극단적으로 무능력한 데다 남의 말을 들어먹질 않는, 사업하는 놈들이 가져서는 안 되는 네가지를 몽땅 가진 놈이었다.

만일 이게 사실이라면 주식시장에 태풍이 몰려올 뉴스였다.

그는 형사로서 지라시에 형사사건에 대한 정보를 제공하다 보니 그 정보가 가지는 위력을 판단하는 것이 누구보다 빨랐다.

"혹시 그 사람, 만날 수 있을까?"

"누나요?"

"그래."

"글쎄요. 딱히 연락처를 받은 건 아니라서. 뭐, 어디서 보는지는 대충 알지만요."

"끄응."

그러면 자신이 가면 찾지 못할 가능성이 높다. 자신은 일단 그 여자의 얼굴을 모른다. 설사 안다고 해도 경찰이라는 특성상 그다지 좋게 보지 못할 것이다.

"그럼 그 사람을 찾으면 연락 줄래? 그땐 5만 원을 더 주마."

고민하는 듯한 얼굴이 되는 노형진. 그걸 보고 형사는 말을 덧붙였다.

"그 소송이라는 걸 도와줄 사람 찾는다면서?"

"네."

"도와주려고 그러는 거니까 걱정하지 말고 연락하라고 해라. 여기 명함이다."

"일단 물어보고 연락드릴게요. 못 만날 수도 있어요."

"알았다."

노형진은 속으로 쾌재를 불렀고 형사 역시 오랜만에 큰 건을 찾았다면서 만세를 불렀다. 이 정도면 못해도 정보료로 1

천만 원 이상은 나올 일이기 때문이다.

"이게 어떻게 된 거야!"

유상호는 지라시에서 나온 뉴스를 보고 발끈했다. 자신들도 찾아내지도 못한 상황인데 생각지도 못한 곳에서 후계자설이 튀어나온 것이다.

"대체 관리를 어떻게 한 거야! 어디서 정보가 샌 거냔 말이야!"

"죄송합니다……. 도무지……."

이 사실을 아는 사람은 극히 드물다. 당연한 얘기지만 그들에게는 단단히 입단속을 시켰다. 그런데 어디선 샌 건지 지라시에 유상민의 아들이 있다는 소리가 떡하니 나왔던 것이다. 물론 믿을 사람은 믿고 믿지 못할 사람은 안 믿는 게 지라시라지만, 이런 뉴스는 타격이 크다. 벌써 자신이 담당하고 있는 기업의 주가가 출렁거리기 시작했다.

'젠장.'

어떻게 해서든 일이 커지기 전에 막으려고 했는데 지라시로 터졌으니 아무래도 일이 커지는 걸 막는 건 무리인 듯싶었다.

'이렇게까지 하고 싶지는 않았는데.'

적당히 겁만 줘서 쫓아내고 싶었다. 아직 돌도 안 지난 애를 죽이는 짓은 하고 싶지 않았다. 하지만 일이 이렇게 커지면 자신에게 선택 사항이 별로 남지 않는다.

"아버지는?"

"아직 모르십니다."

"철저하게 숨겨. 지라시나 뉴스에 올라갈 만한 건 다 막아."

"뉴스는⋯⋯."

"뉴스도 막아야지. 혹시 모르니까 단단히 이야기해 둬."

이런 확인되지 않은 걸 뉴스에서 이야기하지는 않겠지만 혹시 모를 일이다. 확실하게 선을 그어서 누가 갑인지 알려 두는 것이 좋을 때도 있다.

"이 이야기가 올라가면 절대 광고는 없을 줄 알라고 그래."

"알겠습니다."

"그리고 애들을 끌어모아."

"설마⋯⋯ 하지만 대상은 아이일 뿐인데⋯⋯."

"지금 내가 급한데 그런 것까지 따질 정신이 어디 있어?"

"알겠습니다."

"어떻게 해서든 찾아. 일이 커지기 전에 막아야 해."

다 된 밥에 코도 아닌 재가 뿌려지자 그는 마음이 다급해지고 있었다.

⚖️

"변호사님, 이거 사실일까요?"

"글쎄."

같은 시각, 어느 변호사 사무실에선 대화가 계속되고 있었다.

"제대로 물면 대박이기는 한데……."

"하지만 아니면요?"

"뭐…… 쪽박까지는 아니겠지."

그들이 보는 것은 지라시였다. 그걸 본 소속 변호사 중 한 명이 심각한 얼굴로 회의를 소집한 것이다.

"뭐, 가짜라고 해도 그다지 큰 손해가 없긴 해."

"하지만 성격을 보면 그냥 넘어갈 놈이 아닌데요?"

"그때는 회사를 날리고 다시 모여서 새로 법인을 만들면 돼. 아무리 유상호라고 해도 우리 변호사 자격까지 박탈할 수는 없을 테니."

그 말에 고개를 끄덕거리는 사람들. 그들이 대화하는 주제는 다름 아닌 유상민의 아들이라는 존재에 관한 것이었다.

"만일 이걸 제대로 터트려 주면…… 대룡그룹과 긴밀한 관계가 될 수 있겠지."

"실패하면 유상호와 척을 질 테지만요."

친자 확인이라는 이야기가 나오자마자 이들이 몰려든 이유는 간단하다. 만일 친자 확인 소송을 도와줘서 진짜로 유상민의 아들로 판결이 난다면 자신들은 대룡그룹의 회장 유민택과 아주 긴밀한 관계가 될 것이다. 유민택이 후계자가 될 만한 손자를 얼마나 원하는지 이 바닥에서 모르는 사람이 없기 때문이다.

"하지만……."

문제는, 이게 여자가 일종의 관심을 끌기 위해서 쇼를 한 것이거나 멍청해서 사기를 치려고 벌인 일인 거라면 유상호에게 제대로 찍힌다는 것이다. 유민택이야 합리적이고 변호사라는 게 이런 업무를 한다는 걸 이해하니 별말은 안 하겠지만 유상호는 그 성격을 생각했을 때 절대 그냥 넘어갈 리가 없다.

"모, 아니면 도네."

회장과 친밀해지면 그는 손자를 찾아 준 자신들에게 막대한 지원을 해 줄 것이다. 은혜와 원한은 확실하게 갚는 타입이니 말이다. 안 그래도 그가 내심 막내아들의 무능에 지쳐서 그를 쳐 내고 전문 CEO를 들이려 한다는 소문도 있고 말이다.

"어차피 모험은 한번 해 봐야 하지 않을까요?"

"끙, 그렇기는 하지."

워낙 경쟁이 치열하다 보니 마땅히 돈이 벌리질 않았다. 물론 개인적인 사건도 처리해 주지만 수십억짜리 돈이 왔다 갔다 하는 기업과 관련된 사건과는 비교할 바가 아니었다.

"한번 도전해 보죠."

"도전이라……."

고민하던 변호사들은 결국 마음의 결정을 했다. 어차피 조만간 돈이 없어서 세를 내지도 못할 상황이 될지도 모른다.

"그래, 까짓거 한번 해 보자. 죽기밖에 더하겠냐?"

예상치 못한 바람들

"진짜 급하기는 한 모양이네."

경찰을 만나고 온 지 2주째. 노형진은 차분하게 공부하면서 신경을 끄고 있었다. 지라시로 터질 거라는 건 예상하고 있었다. 자신이 지라시를 볼 수 없지만 출렁거리는 대룡그룹의 주가를 보면 각자 생각이 많은 상황일 것이다.

딩동.

또다시 핸드폰에서 나는 소리에 고개를 돌렸던 노형진은 문자를 확인하고 그걸 닫았다. 그 형사였다. 아직까지 그 여자를 찾지 못했느냐는 내용이었다.

'하긴……'

유상호가 지라시를 죽이려고 덤벼들지도 모르는 일이니

다급할 수밖에.

'뭐, 이쯤이면 되려나?'

바로 데리고 가면 의심받을 게 뻔해서 노형진은 고의적으로 시간을 끌었다. 그리고 2주면 충분히 시간을 끌었다고 봐도 된다. 괜히 더 끌었다가는 세간의 관심이 식어 버리게 되기 때문이다. 변호사 생활을 할 때는 법적인 부분도 중요하지만 언론 플레이도 중요하기 때문에 사람들의 관심이나 그런 것에 대해서도 상당한 주의를 기울여야 했다. 그래서 재판 잘하는 변호사는 2등이고 언론 플레이를 잘하는 변호사는 1등이라는 말까지 있었다.

"안녕하세요, 아저씨."

전처럼 마치 아무것도 모르는 중학생 흉내를 내는 노형진. 그걸 들은 상대방은 슬쩍 그를 찔렀다.

"그 사람 만났니?"

"아, 그분요? 만났기는 했어요. 커피숍에서 알바하더라구요."

"커피숍에서 알바를 해?"

"네, 뭐, 애기 분유값이 없다나?"

"음……."

그렇다면 다행이다. 그렇게 스스로 벌어서 살려고 하는 사람은 최소한 사기를 치고 등쳐 먹으면서 다니는 인간은 아니라는 뜻이기 때문이다.

"만나 볼 수 있을까?"

"물어봤는데 도움을 주시겠다면 한번 만나 보겠대요."

"그럼 어디로 가면 될까?"

"일단 직장은 안 된다고 했고요. 장소는 제가 다시 한 번 말해 봐야 해요."

"그래, 알았다."

애써 모른 척하면서 전화를 끊는 형사. 하지만 그 안에서는 엄청나게 애가 바짝바짝 타고 있을 것이다. 이게 허위 사실이라면 상당히 심각한 가짜 정보를 뿌린 셈이니 잘못하면 정보원에서 잘릴 수도 있는 일이기 때문이다. 하지만 그럼에도 불구하고 확실하게 하려는 건 바로 돈 때문이었다.

'2천만 원이라니, 후후후.'

지라시 쪽에 접근해 온 한 변호사 사무실. 그들은 소개해 준다면 1천만 원을 주겠다고 했다. 정보료 1천만 원까지 합치면 2천만 원이라는 거금이 된다.

'확실하겠지? 확실할 거야.'

그는 불안한 마음을 애써 다독거렸다.

⚖️

"잘하는 걸까?"

"일단 정보는 흘러갔으니까 저쪽에서 섣불리 손대지는 못할 거예요."

물론 커피숍에서 일한다는 것도 거짓말이다. 심지어 장소조차 한 번도 가 본 적이 없는 곳으로 골랐다. 유상호의 감시가 어디까지 퍼져 있는지 알 수 없기 때문이다.

"저기 오네요. 제 말대로 하세요."

고개를 끄덕거리는 강소영.

"안녕하세요, 아저씨."

"어, 그래. 안녕? 이분이시니?"

"네."

형사는 여자를 바라보았다. 확실히 아름다운 외모를 가진 게, 자신이 알고 있는 유상민이라면 어떻게 해 보려고 할 만했다.

'아이가 있단 말이지?'

그런데 여기에는 아이를 데리고 오지 않았다.

'당연한 건가?'

그 역시 벌써 정보 라인을 통해서 관련 사건을 뒤져 봤고 유상민에 대한 친자 확인 소송이 있다가 기각되었다는 것도 알고 있었다. 그게 그가 만나기로 한 결정적인 이유였다.

'더군다나 유상호가 알고 있을 테니.'

유상호가 알고 있다면, 정재계에 도는 소문이 사실이라면 아이와 함께 이런 공개된 장소에 나오지 않을 것이다.

"반갑습니다."

"안녕하세요."

어색하게 인사를 건네고 시작한 대화. 말이 대화지, 취조에 가까웠다.

"일단 도움을 드리기 전에 몇 가지 확인할 게 있습니다. 아무래도 요즘은 사기가 많다 보니."

"네."

"기억하시는 유상민에 대해서 말씀해 주십시오."

그녀가 거짓말할 수도 있는 일이지만 반대로 유상민이 아닌 자가 자기가 유상민이라며 사기를 칠 수도 있는 일이다. 그러니 확실하게 하기 위해서는 아버지라는 존재에 대한 정보를 정확하게 알아야 했다.

"오른쪽 한쪽에 피어싱을 했구요, 차는 재규어 레드를 주로 끌고 왔어요. 고기류는 좋아하는데 생선은 그다지 좋아하지 않았고, 잘은 모르는데 알레르기가 있다면서 복숭아를 안 먹더라구요."

몇 가지 정보가 나오자 형사의 눈빛이 격하게 흔들렸다. 자신이 알고 있는 정보들과 상당히 근접하고 있었기 때문이다. 몇 가지는 자신이 알고 있는 것보다 훨씬 자세했다.

'일단 유상민 본인을 만난 건 사실이군.'

그렇다면 남은 주의 사항은 하나다. 과연 그를 만나면서 다른 남자와 놀아난 적이 있느냐는 것. 하지만 행동거지나 살기 위해서 노력하는 걸 보면 그런 타입의 여자는 아닌 듯했다.

"일단…… 이 사건에 대해서는 도움을 주실 분이 있습니다."

"도움을 주실 분요?"

"네, 로펌에서 도와주고 싶다고 하시더군요."

곧 들어올 1천만 원을 생각하면서 그는 기분이 좋아졌다. 아이가 본인의 아이가 맞는지는 자신이 알 수 없다. 하지만 1천만 원은 확실하게 들어올 것이다.

"하지만 전 돈이……."

변호사도 무려 800만 원이나 요구했다. 그런데 로펌이라면 더 큰 돈이 필요할 것이다.

"걱정하지 마십시오. 무상으로 해 준다고 하더군요."

"무상으로요? 어째서?"

그런데 그 말을 들은 노형진은 피식 웃었다.

'생각지도 못한 물고기가 걸렸네? 그렇게 된다면 내가 편해지지.'

자신은 원래 이 사실을 사방에 알려서 유상호의 공격을 차단할 생각이었다. 원래 가진 놈들이 보는 게 지라시인 만큼 후계 문제가 가진 놈들에게 알려지면 아무리 유상호라고 할지라도 섣불리 움직일 수 없을 게 뻔하기 때문이다. 그런데 생각하지도 않게 다른 건수가 걸린 것이다.

"왜 저를……."

"아, 그곳에서는 불우한 사람들을 도와주려고 무료 변론을 하곤 합니다."

형사가 대충 둘러댔지만 내부 사정을 모를 노형진이 아니었다.

'무료 변론은 개뿔.'

한 거대 기업의 후계자를 찾아 준 로펌. 이게 얼마나 큰 위력을 자랑하는지 모를 노형진이 아니다. 하지만 그들의 개인적인 욕심은 자신과는 상관없다. 중요한 것은 안 그래도 중학생으로서는 한계가 있는 상황에서 정식 변호사, 즉 법정대리인이 생긴다면 그 활동 영역이 엄청나게 넓어진다는 점이다.

"도와주시는 건가요?"

"네, 괜찮으시면."

"들으셔서 알겠지만 저도 그런 도움이 있으면 거절할 처지가 아닌지라."

"바로 연락하지요. 아마 바로 올 겁니다."

⚖

그 후의 일은 일사천리로 진행되었다. 상대방은 찾으면 바로 계약할 생각이었던 모양인지 아예 위임장까지 가지고 왔던 것이다. 하긴, 이런 인연의 끈을 노리는 자들이 한두 명이 아닐 테니 미리 해 두는 것이 좋을 수밖에 없다.

"그럼 소송은 어떻게 하나요?"

"일단은 소송 당사자를 특정해야 합니다. 유민택의 신분이야 확실하게 드러나 있으니 문제가 안 될 겁니다."

그들은 그렇게 자신했다. 유민택에게서 유전자만 받으면

모든 것이 끝나는 것이다.

"일단은 모든 준비가 끝났으니 유전자 검사 명령서가 나오기만 기다리면 됩니다."

그들은 그렇게 방심하고 말았다. 세상이 그렇게 쉽지 않았던 것이다.

탁.

탁자 위에 떨어진 법원 명령서. 그리고 그걸 본 유상호의 얼굴은 새파랗게 질려 있었다.

"지금 이게 뭐냐?"

"어, 엄마…… 그게…….”

법원에서 날아온 명령서. 그건 누가 봐도 봉투가 뜯어져 있었다. 즉, 누군가 그걸 봤다는 뜻이다.

"네 아비는 못 봤다. 내가 먼저 보고 확인한 거다. 도대체 어쩌자고…….”

그 말에 안도의 한숨을 내쉬는 유상호였다.

"그게 말이지, 어떻게든 해 보려고 했는데 지라시가 터져서…… 보는 눈이 많아졌어."

"그렇다고 이런 게 날아올 때까지 손을 쓰지 않는다는 게 말이 돼?"

"그게 말이야……."

"몇 번이나 말했지. 사람이 필요할 때는 독해져야 한다고."

"그럼 어떻게 해?"

"우리 힘이면 사고사 정도는 처리할 수 있잖아?"

"의심하지 않을까?"

"의심하라지! 돈도 없는 새끼들이 어쩔 건데? 세상을 지배하는 건 돈이야."

유상호의 엄마인 김화자는 짜증을 냈다. 자신의 아들이 겉으로는 무척이나 강단 있어 보이고 무서워 보이지만 사실 심각한 마마보이에 결정 장애가 있었다. 그동안 교육을 받아 외부에서는 그런 모습을 안 보이려고 하지만, 자신만 보면 어떻게든 기대려고 한다.

'이러면 안 되는데.'

아무리 철저하게 감춘다고 해도 그 사실을 아예 감출 수는 없기 때문에 벌써부터 무능하다고 소문이 난 상황.

"당장 그년을 없애야지."

"그런데 어디 있는지 몰라서."

"바보냐? 변호사는 만날 거 아냐!"

"아!"

"변호사에게 사람을 붙여서 따라다니라고 해. 어딘가에서는 만날 테니. 결판이 나기 전에 그 계집과 아이를 처리해."

"아, 알았어."

허겁지겁 전화기를 든 유상호는 전화기 너머로 근엄한 목소리로 명령을 내렸다.

"구 실장, 나다. 당장 이 사건 담당 변호사한테 사람을 붙여. 아무리 간단한 재판이라고 해도 결국 변호사와 만날 수밖에 없으니."

그걸 보면서 김화자는 속이 답답해지고 있었다.

'어쩌자고 저런 걸 낳아서.'

답답하지만 어쩔 수 없었다. 자신의 유일한 아들이 몰락하는 꼴을 볼 수는 없으니 말이다.

"아들, 내가 그동안 몇 번이나 말했지? 필요할 때는 독해져야 한다고."

"응……."

"그러니까 이번이 독해져야 할 시점이야. 그러니 마음 독하게 먹어라."

"알았어요, 엄마."

"그래, 난 아들만 믿는다."

두 모자는 서로를 다독거리면서 마음을 가다듬었다.

⚖

"이상하군요. 이때쯤이면 무슨 반응이 있어야 하는데."

이상하게 대룡그룹 측에서는 어떤 반응도 없었다. 좋게 반응했다면 변호사가 그들을 찾아왔어야 하고, 나쁘게 반응했다면 자신들에 대해서 허위 사실 유포로 일단 고소부터 넣어야 했다. 그런데 아무런 반응도 하지 않은 채로 무려 한 달이 지나갔다.

"왜일까요?"

"글쎄요."

사건을 담당하게 된 법무법인 새론의 변호사들은 왠지 불안해졌다. 어느 쪽이든 반응해야 하는데 철저하게 무시로 일관하고 있으니 말이다.

"법원에서 보낸 소장은 받았답니까?"

"받았답니다."

"그러면…… 최소한 답변서라도 날아왔어야 하는데."

"일단은 강소영 씨를 만나 봅시다. 혹시 아는 게 있을지도 모르니까."

그들은 그렇게 결정했고, 강소영은 그들이 만나자는 소리에 자신이 아는 사람 중 제일 믿을 만한 사람을 불러들였다.

⚖

"무반응이라."

노형진은 그 말을 듣고 피식 웃었다. 너무 뻔해서 말할 가치도 없는 상황이었다.

"전형적인데요?"

"전형적?"

"네, 우리의 상황을 보려는 거예요. 시간을 끌면서 말이죠. 이는 즉, 다른 계획이 있다는 뜻이에요."

"그걸 어떻게 알아?"

'그걸 모르는 게 바보인 겁니다.'

한국의 변호사들은 미국 변호사들과 다르게 고도의 심리전이나 그런 것에 약하다. 대부분이 공부만 해서 사법연수원을 거치고 변호사로 나오다 보니 사회적인 이런 공격과 방어에 대해서 무지한 것이다. 더군다나 그런 문화이다 보니 서로 동문이라는 생각이 있어서 이런 심리전을 잘 하지도 않고 말이다.

'미국에 그딴 게 어디 있어?'

미국은 그런 게 없다. 심지어 변호사를 사냥하는 변호사까지 있을 지경이다.

"두 가지 가능성이 존재하죠. 첫째, 일고의 가치도 없는 헛소리라고 판단하는 것. 그런데 지금 유민택 회장의 상황이나 성격을 봐서는 그렇게 판단할 가능성은 없어 보입니다. 둘째, 다른 꿍꿍이가 있어서 그걸 준비하기 위해서 시간을 끄는 것."

"꿍꿍이?"

"네."

"무슨 소리야?"

강소영은 이해하지 못하고 고개를 갸웃했지만 변호사들은 얼굴이 대번에 창백해졌다. 정재계에 돌고 있는 소문은 한번은 들어봤기 때문이다.

"설마 그렇게까지?"

"돈이라는 건 무서운 괴물이니까요."

"……."

말하지 못하는 그들. 그리고 노형진은 슬쩍 창밖을 바라봤다. 수많은 사람들이 다니는 도로. 그곳에 불법 주정차한 차들.

빵빵!

빠아앙!

그곳에서 한 대가 이중 주차를 하고 있었다. 안 그래도 한 라인이 불법 주정차 차량 때문에 막혀 있는 상황에서 또다시 이중 주차를 하니 4차선 도로가 2차선으로 줄어들어 운전자들이 빵빵거리고 난리였다. 사람이 없는 걸까? 차에는 강하게 선팅이 되어 있어 그걸 알 수도 없었다.

'그럴 리가 없지.'

노형진이 연락받고 장소를 이곳으로 정한 데에는 이유가 있다. 이 카페는 절대 시커먼 남자들이 들어올 만한 곳이 아니다. 변호사들이야 일이니까 들어온다지만 누군가 따라온다면 티가 날 가능성이 높은 것이다.

더군다나 이곳은 상습 정체 구역. 감시를 위해서 차를 세우는 것조차 쉽지 않은 것이다. 당장 저 불법 주정차한 차들 때문에 감시자의 차량은 이중 주차를 할 수밖에 없었고 짜증난 운전자들의 빵빵거리는 소음은 주변의 시선을 끌 수밖에 없었다. 즉, 그들의 운신의 폭을 줄여 버린 것이다.

"꼬리를 붙이고 오셨네요."

"꼬리라니?"

그 말에 슬러시를 입으로 넣으면서 눈짓으로 창밖을 가리키는 노형진. 그 말에 고개를 돌린 변호사들은 얼굴이 더욱더 창백해졌다.

"언제……."

"언제가 아니라 그 정도는 예상해야 하는 거 아닙니까?"

"그런 걸 어떻게 예상하나?"

'그러니까 우리나라 변호사들이 무능력한 거야.'

국제적인 변호전만 나가면 패배하는 데에는 다 이유가 있는 것이다. 다른 나라에서 변호사 자격을 취득하면 국제적인 변호사니 어쩌니 하면서 거들먹거리지만 실상은 그 나라의 문화나 판례 전반에 대한 이해도 없고 이런 단순한 추격전이나 감시도 간파하지 못하니 말이다.

"누나가 계속 장소를 옮기고 있으니 누나를 찾기는 해야겠고 핸드폰이 꺼져 있으니 핸드폰 번호로 추적은 안 되고. 그럼 남은 건 하나뿐 아닌가요?"

"그, 그렇군."

그제야 이해하는 변호사들.

핸드폰은 꺼 놨고 지금 강소영이 쓰는 핸드폰은 변호사가 직원 이름으로 새로 개통한 폰이다. 당연히 그걸 추적할 방법은 없다. 물론 전 직원을 조사하면 모르지만 그러기에는 너무 인원이 많아지니까.

"어쩌지?"

강소영은 걱정으로 가득했다. 노형진도 변호사들도 말해 주지 않기는 했지만 아무리 잘 모르는 강소영이라고 할지라도 저쪽에서 무슨 해악을 끼치려고 자신을 찾고 있다는 사실을 알아챌 정도의 눈치는 있다.

"일단 이곳을 벗어나야지요."

"어떻게?"

"제가 왜 여기에 왔겠어요?"

"응?"

"짠."

뭔가를 꺼내 들자 그걸 보고 당황한 사람들. 그러나 순간 납득하고는 고개를 끄덕거렸다.

"자네는 어려 보이는데 어떻게 이런 것에 대해서 이렇게 잘 아는 건가?"

'당신들도 미국 회사들이랑 10년만 드잡이질해 봐.'

사람을 이용하는 정도가 아니라 도청은 기본이요, 심지어 드론을 이용해서 이동하는 것까지 감시하는 게 미국의 법률 싸움이다.

물론 불법이지만 거대 기업 간의 싸움은 징벌적 배상이 붙어 버리면 1억, 2억 단위가 아닌 수천억 단위가 되어 버리니 필사적으로 서로 감시하고 싸운다. 한국처럼 서로 사법 연수원 동기라 좋은 게 좋은 거라는 식의 싸움은 하지 못하는 것이다.

"일단 누나는 전철역으로 가서 전철을 타고 움직이세요. 신도림에서 내려서 원하는 거 아무거나 타고 원하는 역에서 내리신 다음에 전화하세요."

"왜 신도림역이야?"

"지금은 퇴근 시간이잖아요. 신도림은 지옥이라고요. 절대 못 따라갈걸요?"

추적의 기본은 어느 정도의 거리를 지키는 것이다. 딱 붙어서 추적하면 안 된다. 일단 강소영을 빼돌려 보겠지만 혹시나 눈치채고 따라가는 경우, 신도림역에서 환승하면 동일한 칸에 들어가기는커녕 동일한 열차에 타는 것도 불가능하다. 국민들이 온몸으로 틀어막아 줄 테니까.

이것은 미국에서 추적자를 따돌릴 때 많이 쓰곤 하는 방법이다.

"넌?"

"전…… 미친년 노릇 좀 해야지요."

"미친년?"

"네."

"나옵니다."

한 무리의 여고생들이 깔깔거리면서 가게에서 나가고 난 후 모자를 눌러쓴 강소영과 변호사들이 그곳에서 나왔다. 변호사들과 인사한 강소영은 반대쪽으로 향했다.

"드디어 찾았다, 개년."

구 실장은 조용히 그녀를 따라서 움직이기 시작했다. 드디어 찾았으니 보고하고 사태를 수습할 수 있을 거라 생각한 것이다.

"어?"

근데 강소영이 갑자기 하이힐을 벗더니만 운동화로 갈아 신는 것이 아닌가? 갸웃하는 순간, '아차' 할 틈도 없이 그녀는 미친 듯이 뛰기 시작했다.

"헉!"

"뭐야!"

"젠장, 알아차렸다! 잡아!"

사람이 많은 데다가 상습 정체 구역이었기 때문에 어쩔 수 없이 차에서 내려 따라서 뛰는 남자들. 그러나 먼저 뛰기 시작한 데다가 작은 체구로 요리조리 빠져나가는 그녀와 다르게 한 무리로 움직이는 데다 덩치까지 커다란 남자들은 따라가는 게 쉽지 않았다.

"쌍! 따라잡아!"

"어떻게든 막아!"

한낮에 도시의 대로에서는 미친 듯이 추격전이 벌어졌다. 그렇게 한참을 따라가다 보니 결국 대로가 끝났고 작은 골목들이 나왔다. 그 골목에서 결국 강소영은 잡힐 수밖에 없었다. 거대한 담벼락이 그의 앞을 가로막은 것이다.

"헉헉, 이 개자식, 잡았다."

"어디를 도망쳐?"

"야, 끌고 가!"

"차가 아직 안 왔습니다."

"일단 붙잡아 둬. 차가 오면 끌고 간다."

"애가 없는데요?"

"가서 적당히 두들겨 패면 불겠지."

"얼굴이 반반하니 돌림 빵이라도 하면 자기가 안 불고 버티겠습니까?"

구 팀장은 이를 바득바득 갈았다. 한낮에 구두를 신고 뛰는 것은 짜증 나는 일이기 때문이다.

"큭큭큭."

그런데 강소영의 입에서 웃음이 나왔다. 아니, 강소영의 목소리가 아니었다.

"생큐 베리 마치."

"뭐야?"

"남자?"

여자가 아니라 남자의 목소리라니? 순간 당황하는 순간 강소영, 아니 노형진은 쓰고 있던 챙이 큰 모자를 벗어 던졌다.

"헉!"

"너 이 새끼! 뭐야!"

"뭐긴. 지나가는 미친년, 아니 미친놈이지."

"속았다!"

그제야 구 팀장은 자신이 속았다는 사실을 알았다. 노형진은 그들이 이런 식으로 나올 거라 예상했기 때문에 모든 대비책을 준비한 것이다. 여고생들이 좋아하는 블링블링한 모양의 커피숍으로 약속 장소를 잡고 근처에 있는 여고의 교복을 미리 구매해서 간 것이다. 예상대로 그들은 변호사를 따라왔고 그는 그곳 커피숍에 있던 여고생들에게 5만 원씩 주고 여고생 옷으로 갈아입은 강소영을 전철역까지 데려다줄 것을 부탁했다.

생각지도 못한 공돈에 여고생들은 당연히 승낙했고, 그사이 순식간에 교복으로 갈아입고 화장을 지운 강소영은 원래 어려 보이는 얼굴인 데다가 교복을 입어서 누가 봐도 여고생이었다. 그렇게 강소영이 무사히 빠져나간 것을 확인한 노형진은 강소영이 남기고 간 옷을 입고 냅다 뛴 것이다. 다른 사람을 시키기에는 위험한 행동인 데다가 중 2에 호리호리한 체형을 가진 노형진이 그렇게 뛰니 멀리서 봤을 때는 그다지 차이가 없어 보였을 것이다. 당연히 옷만 보고 따라올 수밖에.

"이 썅."

"어쩌죠?"

"일단 저 새끼부터 잡아!"

저 남자, 아니 남학생이 누군지 모르지만 일단 강소영을 위해서 변장까지 한 이상 친밀한 관계일 가능성이 높다. 그렇다면 끌어다가 강소영을 유인하는 데에 쓸 수 있을지도 모른다.

"후회할 텐데?"

"웃기지 마! 너 같은 새끼는 그년을 꼬셔 낸 다음 죽여 버리면 그만이야!"

"후회한다니까."

웃으면서 자신의 핸드폰을 앞으로 내미는 노형진.

"긴급전화 기능이라고 알아? 요즘은 버튼 한 번만 누르면 자동으로 112 경찰 신고 전화에 연결해 주거든. 그리고 전화기의 위치까지 알려 주지."

그 말에 얼굴이 사색이 되는 남자들.

애애애앵.

저 멀리서 들리는 사이렌 소리. 그들은 도망가기 위해서 몸을 돌렸지만 벌써 하나뿐인 입구는 경찰차 한 대가 들어오면서 틀어막고 있었다.

"손들어! 꼼짝 마!"

차에서 내린 경찰들은 그들에게 총을 들이밀었고, 그들은 몰려오는 경찰의 숫자를 보고 두 손을 들 수밖에 없었다.

⚖️

"멍청한 것들!"

유상호는 화가 나서 어쩔 줄 몰라 했다. 강소영을 잡아 오라고 보낸 것들이 함정에 빠져서 도리어 경찰에 잡힌 것이다. 아니, 경찰에 잡힌 게 문제가 아니다. 이 멍청한 놈들이 112 신고 전화에 대고 납치하네, 돌림 빵 하네, 패 죽이네 등등 오만 말을 죄다 지껄인 덕분에 납치 미수 현행범으로 체포당했을 뿐만 아니라 구속영장까지 나온 것이다. 게다가 신분증까지 가지고 있었고 차마저 대룡그룹의 법인 차를 끌고 가는 멍청한 실수를 저질렀다. 설마 이런 함정이 있을 거라고는 생각하지 못한 것이다.

"엄마, 이제 어쩌죠?"

"일단 우리는 모르는 사건이다. 딱 잡아떼는 거야. 구 실장이 아무리 생각이 없어도 이걸 말하지는 않을 게다."

"그래도 말하면 어떻게 해요?"

"변호사를 보냈으니 우리의 뜻이 뭔지 알아서 판단하겠지."

바보가 아닌 이상에야 이제 대룡그룹이 연관이 되었다는 사실을 모르지는 않게 될 것이다. 최대한 로비하고 막으려고 하고 있지만 경찰에서 대룡그룹을 수사하는 것은 시간문제고, 그렇게 되면 언론을 타는 건 막을 수 없게 된다.

"일단 그년을 찾는 건 포기하자. 눈이 너무 많아졌어."

경찰이 확실한 의심을 가지게 된 상태에서 그 여자를 죽이는 건 무리수가 되었다.

"하지만……."

"일단은 막아야 한다. 최대한 돈을 퍼부어. 어떻게 해서든 이게 외부로 나가게 해서는 안 된다."

김화자는 격하게 뛰는 심장을 진정시키기 위해서 노력하면서 대답했다.

⚖

"미안해."

"미안하면 나중에 모른 척하기 없기예요."

노형진은 인천의 호텔에 숨어 있는 강소영과 변호사들을 만나서 툴툴거렸다.

"경찰서 한복판에서 여장하고 미친년, 아니 미친놈 취급받는 게 기분 좋은 일은 아니거든요?"

112에 신고가 들어왔고 녹음 중인 112에 대놓고 납치하고 죽이겠다는 소리를 하고, 심지어 제3자의 납치에 대한 미끼로 쓰겠다는 소리를 했으니 자신을 따라온 녀석들은 구속을 피할 수가 없었다. 하지만 그렇다고 해도 여자 옷을 입고 대로변에서 뛰어다닌 남자를 좋게 볼 사람은 아무도 없었다.

"그래도…… 잘 어울리던데?"

"누나!"

"호호호."

"끄응."

어찌 되었든 더 이상 대룡, 아니 유상호는 강소영에게 손대지 못할 것이다. 경찰서에 가서 무슨 사건이 진행 중인지에 대해 말했고 조사 결과 추적자들이 대룡 소속이라는 게 드러났으니 당장 유상호를 잡아 오지는 못한다고 하더라도 대룡이 납치에 관여했다는 의심은 지울 수 없게 되었으니까.

"이제는 기다리면 그만인가?"

"아닐걸요?"

"뭐라고?"

"분명 시간 끌기로 갈 겁니다."

"하지만 법원 출석 명령서가 날아가잖아?"

"그건 빼돌리면 그만이죠."

"그래도 출석 안 해?"

"부자잖아요. 아래에서 빼돌리고 나중에 가짜 위임장 하나 넣어서 변호사가 대신 나가면 그만이라구요."

"음......."

노형진이 봤을 때 유민택은 여전히 지금의 상황에 대해서 모를 가능성이 높다. 유상호가 어떻게 해서든 정보를 감추려고 노력 중이니까. 하지만 이상한 것은 여전히 있었다.

'단순히 재산의 문제가 아닌 것 같아.'

자신이라면 제거하는 대신에 접근해서 사라져 주는 조건으로 협상할 것이다. 한 20억 정도면 충분히 협상이 가능하고, 강소영의 성격상 그 정도면 만족하고 물러날 가능성이 높다. 그걸 모를 유상호가 아니었다. 그런데 개인적 접촉이나 협상은 전혀 없이 제거만 하려고 하는 걸 이해할 수가 없었다.

'뭔가 있어.'

노형진이 봤을 때 그가 그렇게 발악할 수밖에 없는 이유가 있었다. 그리고 그 발악의 이유는 아마도 소문과 관련이 있을 가능성이 높다.

"그럼 어떻게 유민택에게 접근하지?"

그들이 법원에서 오는 서류를 죄다 중간에서 차단한다면 유민택은 이번 사태에 대해서 모르고 끝날 가능성이 있다.

"그건 어렵지 않아요."

"어렵지 않다고?"

"특별송달이 있잖아요."

"아!"

'아놔, 좀! 이 사람들아, 당신들 변호사라고!'

이것이법이다.

특별송달이란 법원에서 따로 사람을 보내서 당사자에게만 송달하는 제도이다. 보통 송달은 등기우편으로 가지만, 당사자에게만 전달해야 하는 특수한 경우에는 특별송달로 한다. 하지만 거의 쓰지는 않는데, 그 이유가 일단 등기로도 대부분 가족이나 본인에게 가는 데다가 특별송달은 따로 금액을 내야 하기 때문이다. 하지만 지금과 같은 상황에서는 쓸 만한 제도다.

"특별송달을 하면 본인 확인하고 직접 건네주니까 중간에 차단 못 할 겁니다."

"그렇지."

특별송달은 말 그대로 본인만 받을 수 있다. 비서나 가족, 또는 변호사라고 해도 그걸 대신 받아 줄 수는 없다.

"특별송달을 하면 사건이 끝나겠네."

변호사들이 안도하는 걸 보면서도 노형진에게는 여전히 찝찝함이 남아 있었다.

"혹시 말이죠. 그 사고 차량을 알 수 있을까요?"

"사고 차량?"

"사고로 죽은 유상민의 자동차 말입니다."

"찾아볼 수는 있지만 왜?"

"아니, 그 소문 있잖아요?"

노형진의 말에 왠지 묘한 표정이 되는 변호사들.

소문. 그것은 유상호가 돈을 노리고 형제들을 죽였다는 것이다. 물론 증거도 없었고, 미래에 수사가 시작되려 하자 유민택이 급사하면서 그가 그룹의 총수가 되어 흐지부지되었지만 말이다.

"증거가 있을까?"

"찾아봐야지요."

"하지만 국과수에서도 찾아봤을 텐데?"

브레이크 절단이나 기타 테러 행위였다면 국과수에서 모를 리가 없다. 그냥 일반인도 아니고 기업 계승권을 가진 재벌의 사건이니.

"그냥 확인 차원에서 알아보고 싶은 거예요. 찾아볼 수 있어요?"

"그래, 찾아보마."

노형진은 이번 사태의 이유를 제대로 알아보고 싶어졌다.

⚖

"이거라구요?"

"그래."

다행히 차는 경찰서 증거실에서 나와서 폐차장으로 온 상태였다. 폐차 대기 목록이 길어서 아직 폐차되지 못한 것을 변호사들이 찾아낸 것이다.

"자신 있는 거냐?"

기대하는 듯한 시선의 변호사들. 그들은 노형진이 보여 준 뛰어난 능력에 반한 상태였다. 사실 나이가 많았다면 어떻게 해서든 끌어들이고 싶을 정도였다. 하지만 아직 중 2라는 게 문제였다.

　"뭐, 알아봐야지요."

　천천히 차로 다가간 노형진은 차에 손을 올렸다. 그리고 천천히 정신을 집중했다.

　'이건 쓸데가 없고…….'

　몇 개의 시간이 나타났고 그 후에 드디어 사건과 관련이 있는 기억을 읽어 내는 데에 성공했다.

　'호오?'

　그리고 노형진은 솔직히 감탄할 수밖에 없었다. 이런 방식은 생각도 못 했던 것이나.

　'나쁜 쪽으로는 머리가 좋은 건가?'

　천하의 무능한 놈이라 생각했던 놈이 의외로 이런 기상천외한 방법을 쓸 줄이야.

　"왜 그러니?"

　다른 사람들의 눈에 기억을 읽는 행위는 차를 살펴보는 행동으로밖에 보이지 않았다. 그런데 한참 동안 움직이지 않자 다들 고개를 갸웃했다.

　"재미있군요."

　"뭐가 말이냐?"

노형진은 '탕' 소리가 나게 반쯤 찌그러진 차의 지붕을 내리쳤다.

"이건 사고가 아니에요. 살인이지."

"뭐라고?"

"살인이라고?"

"네, 이런 트릭은 난생처음 봅니다. 대단하네요."

노형진은 승리의 미소를 지었다. 이제 마지막 정리를 할 때가 온 것이다.

⚖

"석공석!"

허름한 창고 안으로 들어가는 남자. 유상호였다.

"네가 이러고도 멀쩡할 것 같나!"

얼마 전 유상호에게 온 한 통의 메일.

돈이 더 필요합니다.

석공석

단 한 줄의 문장이었지만 그걸 본 그는 사시나무 떨듯 떨어야 했다.

"어쩔 수 없었습니다, 도련님. 저도 돈이 급했습니다."

"이익."

어둠 속에서 나타나는 나타난 석공석의 모습에 그는 이를 빠드득 갈았다.

"네가 날 협박하고 무사할 거라 생각하나?"

"그렇게 생각합니다. 결국 돈을 가지고 오지 않으셨습니까?"

"……"

그 말에 유상호는 이를 빠드득 갈았다.

"이번 한 번만이다. 이번 한 번만 용서해 주는 거다."

"한 번이 될지, 두 번이 될지는 모르는 일이지요."

"뭐라고?"

"제가 도련님 대신에 차를 고장 낸 건 한 번이 아니라 두 번입니다. 그럼 최소한 두 번의 기회는 주셔야지요?"

"지금 네가 나랑 협상하자는 거냐?"

"협상이 아닙니다. 저도 돈이 급하단 말입니다. 부탁대로 형님들을 죽여 드렸습니다. 한두 푼도 아니고 1조가 넘는 재산과 기업을 통째로 삼키셨잖습니까?"

"닥쳐! 그렇다고 해도 네놈한테 줄 건 없어!"

"너무 욕심이 과하십니다."

"웃기지 마! 너 같은 새끼들한테 주려고 내가 형님이라고 지껄이던 두 놈들을 죽인 줄 알아? 그리고 그때도 한 번에 2억씩 줬는데 그거면 된 거지, 뭘 더 바라?"

"하지만……."

"네놈의 도박 중독 따위는 알 바 아니다. 받고 꺼져!"

"미안합니다. 그럴 수는……."

"네가 결국 권주를 마다하고 벌주를 선택하는구나."

철컥.

허리춤에서 권총을 꺼내 드는 유상호였다. 그걸 본 석공석은 자신도 모르게 주춤주춤 물러나다가 주저앉고 말았다.

"부산에 가서 돈을 조금만 주면 러시아제 권총 정도는 구할 수 있지."

"도, 도련님……."

"시끄러워. 난 이제 도련님이 아니라 회장님이야."

"회, 회장님, 그래도 제가 회장님의 부탁으로 형님들까지 처리해 드렸는데 이렇게까지……."

"그래, 네놈의 트릭은 마음에 들었어. 경찰도 깜빡 속더군. 그래서 더 문제야. 그 트릭을 아는 건 너뿐이거든. 네가 입을 잘못 놀리면 큰일 나니까. 미리 막아 두는 게 좋겠어."

"회, 회장님……."

"먼저 뒈져 버린 두 형님한테 내 안부나 전해 달라고."

총을 들고 다가가는 유상호. 그런데 생각지도 못한 목소리가 들렸다.

"일단 그 부분에서는 문제가 있는 게, 그 트릭을 아는 건 이제 그 사람뿐만이 아니라는 거야."

"누구냐!"

고개를 돌리는 순간 어둠 속에서 나오는 한 사람. 바로 노형진이었다.

　"좋은 생각이었어. 빈 콜라 캔 모양으로 얼음을 얼려서 운전대 바로 아래 매달아 두다니. 고정 장치가 끊어지면 브레이크 페달 아래로 떨어지고 페달에 끼어 버려서 결국 브레이크가 듣지 않게 되지. 결국 가속만 하다가 꽝! 경찰이 올 때쯤이면 그건 다 녹아 버리고 남는 건 물밖에 없게 되는 거지. 진짜 공들인 트릭이야. 고정 장치야 뭐, 적당히 전선을 쓰면 잔해들과 뒤섞일 테고 말이야."

　"누, 누구냐! 그걸 어떻게 아는 거지?"

　'어떻게 알긴. 설치하는 걸 다 봤으니까.'

　진짜로 생각도 못 한 방법이었다. 그러니 자동차의 손상 부위도 없고 테러의 증거도 없었던 것이다. 증거는 얼음뿐인데 충돌 시 충격으로 박살 났을 테고 그마저도 순식간에 녹아 버렸을 테니 결국 과속으로 인한 사고로 결론 지어질 수밖에.

　"석공석, 네게 패거리가 있었나? 그런데 고작 패거리가 애새끼냐? 후후후."

　"패거리는 아냐. 그냥 증인."

　"증인?"

　팡!

　팡!

그 순간 어두운 창고 안에 불이 켜지기 시작했다. 그리고 짐들 뒤에 있던 경찰들이 한 명씩 나오기 시작했다.

철그럭.

그걸 본 유상호는 자신도 모르게 권총을 떨궜다.

"증인이 많아서 제거하기는 힘들 거야."

족히 스무 명은 되어 보이는 사람들. 그들은 하나같이 총이나 녹음기를 들고 있었다.

"이이익!"

분노하는 유상호. 하지만 그보다 더 분노에 찬 목소리가 들려왔다.

"네놈 짓이었냐."

그 말을 들은 유상호는 얼굴이 창백하다 못해서 죽은 사람처럼 바뀌었다.

"형제들이 죽은 게…… 네놈 짓이었냐?"

천천히 고개를 돌리는 유상호. 그리고 그 뒤에 있는 사람을 확인하고는 믿기지 않는 듯 중얼거렸다.

"아…… 아버지…….."

"네놈이 저지른 짓이었단 말이냐!"

유민택은 진심으로 분노했다. 자신의 아들이 두 명이나 죽었다. 그런데 그 사건의 주범이 막내아들일 줄이야.

"왜! 왜! 왜! 왜 그랬단 말이냐!"

석공석이 마지막 순간 부른 회장님은 유상호가 아니라 유민택이었던 것이다. 진짜 위험하다고 판단되는 순간 약속된 언어였다.

"어, 어떻게……."

"운이 좋았지."

노형진은 트릭과 범인을 알아챌 수 있었다. 정확히는 읽어 낸 것이다. 그는 범인이 누구인지 알아채고는 경찰과 함께 그에게 향했다. 자신이 한 일과 트릭에 대해서 다 알고 심지어 받은 돈의 액수까지 알고 있다는 사실을 안 석공석은 포기하고 모든 것을 말했다. 때마침 소장을 특별송달을 통해서 직접 받은 유민택이 끼어들면서 사태가 뒤집힌 것이다.

"유상호 씨, 당신을 두 건의 살인 교사와 두 건의 납치 미수로 체포합니다."

손이 돌려져 수갑이 채워지는 유상호. 그리고 유민택은 그 모습을 보면서 절망할 수밖에 없었다.

⚖️

"이건…… 예상치 못한 결말인데?"

검사 결과지와 판결문을 받아 든 노형진은 자신도 예상하지 못한 결말에 진심으로 당황했다.

"부자 관계일 가능성이 1% 이하라니……."

즉, 절대로 아버지와 아들일 수가 없다는 결론이었다. 문제는 이게 영민, 즉 강소영의 아들의 시험 결과지가 아니라는 것이다. 사실 영민의 시험 결과지는 99.98%로 혈족 관계, 즉 손자가 맞다는 결론이 나왔다. 한꺼번에 세 곳에 검사를 위탁해서 한 것이니 틀릴 일은 없다. 문제는 유민택과 유상호였다.

"유상호가 발악한 이유를 알겠네요. 까꿍."

노형진은 영민에게 손을 흔들면서 웃어 줬다.

"왜?"

"아들이 아니다. 즉, 어머니가 바람피워서 낳은 남의 자식이라는 거니까요. 더군다나 유상호의 엄마인 김화자는 재혼이에요. 그러니까 첫째와 둘째와는 어머니가 다를 수밖에 없죠."

"그렇다는 건?"

"그걸 알면서도 김화자가 모른 척했다는 거죠."

"돈 때문인 거야?"

"돈도 돈이지만 이게 터졌을 때 불어올 피바람을 생각하면 김화자도, 유상호도 어쩔 수가 없었던 겁니다. 그들에게 중요한 건 돈 몇 푼이 아닌 아예 유전자 검사 자체를 막는 것이었을 테니까요."

둘째 아들인 유상민의 아들, 즉 유민택의 손자가 나타났다는 소리를 듣게 된다면 유민택은 당연히 유전자 검사를 선택할 것이다. 문제는 그의 꼼꼼한 성격상 오류를 방지하기 위해서라도 같은 혈족인 유상호 역시 검사를 맡길 게 뻔하다는 거다. 지금도 한 곳이 아닌 세 곳에 한꺼번에 유전자 검사를 위탁한 그가 아닌가? 유상호 역시 자기 친아들로 알고 있었으니 어머니는 다르지만 아버지는 같으니까 확실한 비교 자료가 될 것이다.

"그렇게 되면 자기 자식이 아닌 게 드러나게 되는 거죠."

그걸 알고 있는 유상호와 김화자는 돈 몇 푼이 중요한 게 아니라 처음부터 아예 유전자 검사를 막아야 했다. 그렇기 때문에 사전에 협상하지도 못한 것이다. 협상 자체도 유전자 검사 결과를 보고해야 할 수 있는 것이니까.

"결과적으로 유상호는 후계나 상속 문제가 아니라 아예 쫓겨나야 합니다. 아니, 혼자서 쫓겨나는 건 문제가 아닐 거예요."

"문제가 아니라고?"

"까르르르, 까꿍!"

방긋 웃는 영민이를 보고 손을 흔들어 주는 노형진.

"유상호의 엄마, 그러니까 김화자는 재계 서열 11위 성화그룹의 막내딸이죠. 유민택이 아내가 죽고 나서 정략결혼을 한 건데, 만일 자기 자식도 아닌 사람의 아이를 낳고 그걸 감추고 재산을 빼돌리려고 한다고 생각해 봐요."

"아!"

"맞아요. 성화그룹이 재계 11위, 대룡그룹은 재계 9위. 하지만 그 차이는 근소. 두 그룹의 전쟁이죠."

"그럼 이제는……."

"전쟁을 피할 수 없을 겁니다."

성화그룹이 대룡그룹을 집어삼키려고 한 것도 엄청난 문제인데 그 과정에서 대룡그룹의 정당한 후계자 두 명을 죽여버렸다.

"성화와 대룡은 이제 같은 하늘 아래에서 못 살아요."

아마 둘 중 하나가 쓰러지는 순간까지 싸워야 할 것이다.

그리고 그 싸움은 벌써 시작되었다. 사실상 은퇴를 생각하며 조용히 지내던 유민택이 복귀를 선언했을 뿐만 아니라 공격적인 경영을 하겠노라고 선언한 것이다. 그 공격 대상은 당연히 성화그룹일 것이다.

"남은 것은 영민뿐이죠, 결국."

비공식적으로 나온 말이기는 하지만 유민택이 다음 세대에는 성화그룹이 없는 자리를 물려주겠다고 했으니 아마도 그가 전쟁을 진두지휘할 것이다. 그리고 그 다음 세대라는 건.

"저기 오네요."

시커먼 차들이 줄줄이 온다. 드디어 본가로 가는 날이 된 것이다.

"잘하는 짓일까?"

"잘될 거예요. 실질적으로 대룡의 유일한 후계자인데 설마 막 대하겠습니까?"

엄마 품에서 바둥거리는 영민이를 보면서 씩 웃는 노형진.

"나는 어떻게 될까?"

"뭐, 잘해 주시겠죠. 유일한 후계자의 엄마인 데다가 실질적으로 유일하게 남은 혈족이잖아요."

심지어 유일한 며느리이기도 하다. 반대로 말하면 혹시나 유민택이 쓰러지게 된다면 대룡과 성화의 싸움을 이끌어 가는 것은 그녀가 되어야 한다는 것이다. 영민이가 그 정도까지 크려면 아직도 수십 년이 남았으니 말이다.

"잘 가르치세요. 자기 아버지 따라서 멍청한 짓 하게 만들지 말고."

"하지만 그 멍청한 짓 덕분에 영민이가 태어났는걸."

"그런가요?"

하긴, 그 멍청한 짓 덕분에 영민이가 태어났고 그 덕분에 대룡그룹의 숨통이 트였다.

'어쩌면 대룡이 10년 후 망한 게 단순히 유상호의 무능 탓만인 건 아닐지도 모르겠네.'

대룡이 망하면서 대룡의 자산과 기업들은 대부분 성화그룹에 헐값에 판매되었다. 그리고 그로써 성화그룹은 재계 서열 3위로 한 번에 격상되었다. 그때는 단순히 무능함 때문인 줄 알았는데 지금 사태를 보면 단순한 무능의 문제가 아닌 듯했다.

"걱정 마. 최소한 여자한테 잘하는 법은 알려 줄게."

시커먼 차들이 호텔 앞으로 와서 멈췄다. 그러고는 그녀 앞에서 차의 뒷문이 열렸고 다른 차에서 내린 사람들이 그녀의 짐을 트렁크에 실었다.

"잘 가요, 누나."

"고마워."

"별말씀을요. 나중에 성공해도 저 모른 척하기 없기예요."

"그럴 리가, 호호호."

마지막 인사를 끝낸 그녀가 차를 타고 떠났고, 그걸 보고 노형진은 안도의 한숨과 더불어서 머리를 절레절레 흔들었다.

"역사상 가장 힘든 친자 확인 소송이었어. 진짜 변호사 하지 말고 다른 거 할까?"

심각하게 고민하는 그였다.

스포트라이트

"너무했나?"

언론은 발칵 뒤집혔다. 수능 만점자 때문이었다. 물론 매년 수능 만점자가 나오기 때문에 발칵 뒤집힐 정도는 아니다. 그럼에도 불구하고 언론이 뒤집힌 것은 이번 수능 만점자가 고작 중학교 2학년이었기 때문이다.

"그냥 몇 개 틀릴걸."

원래 알고 있던 문제들인 데다가 자신의 특수 능력인 사이코메트리를 이용하여 방석, 볼펜, 시계, 심지어 지우개까지 과목별로 전용 커닝 페이퍼를 만든 것이나 마찬가지였기 때문에 어렵지 않게 수능을 봤는데 그게 시끄러워진 것이다.

"뭐, 이제는 떠날 거니 상관없지."

어차피 이 난리를 치다가 한 달 후면 조용해질 게 뻔하기 때문에 그는 별로 신경 쓰지 않았다. 사실 당황한 건 그의 아버지였다. 검정고시를 한 번에 두 개 다 통과한 걸 보고 머리가 뛰어나다고 예상은 했지만, 설마 수능 성적이 만점이 나올 거라고는 생각하지 못한 것이다. 더군다나 전혀 엉뚱한 문제로 더욱 당황할 수밖에 없었다.

"도대체 누구를 만나고 다닌 거냐?"

"그냥 작은 인연이죠."

"도대체 작은 인연이라는 게 어느 정도이기에…….."

대룡그룹에서 무려 5천만 원이나 보내왔다, 축하금이라고. 또한 대학 졸업 때까지 매년 3천만 원씩 학자금을 무상으로 주겠다는 약속까지 했다. 물론 대학은 안 가서 그건 흐지부지되었지만.

'좀 과한데?'

아마도 강소영에게서 사정을 들은 유민택의 호의일 것이다. 손자를 찾아 주고 심지어 목숨까지 구해 줬으니 말이다.

'뭐, 좋은 게 좋은 거지.'

어차피 공부하러 가게 되면 돈이 필요하다. 부모님도 그정도 감당할 능력은 되지만 그렇다고 남이 주는 걸 거부할 필요까지는 없다.

"그냥 받아요."

"하지만 너무 거금이라…….."

"나중에 그만큼 도와주면 됩니다."

"자신 있는 게냐?"

"제가 언제 허튼소리 했나요?"

그 말에 아버지는 고개를 흔들었다. 어려서부터 말도 안 되는 허튼소리는 하지 않는 아들이었다.

"그래, 그러자꾸나."

결국 그건 받는 걸로 결정이 났다. 이제 남은 것은 하나뿐이었다.

'이제 시작이구나.'

앞으로 1년간 힘든 시간이 닥쳐올 것이다.

기숙 학원. 말 그대로 기숙사제로 운영되는 학원들이다. 노형진이 선택한 것은 사법시험 수험자들 사이에서 유명한 기숙 학원 중 하나였다. 이곳에서 1년을 지내면 35학점을 취득할 수 있고 그럼 자신은 당당하게 사법시험을 치를 자격을 얻게 되는 것이다.

"여기가 방이다."

"감사합니다."

카드 키를 받고 들어가는 붉은색의 오래된 건물. 영화에도 몇 번이나 나온 그 유명한 하버드의 구 기숙사와 비슷한 외형이다. 오래된 건물이지만 모든 사람들이 들어오기를 원하는 곳.

"아, 힘들다."

털썩, 방에 있는 침대에 주저앉는 노형진.

"1년이라……."

길지는 않은 시간이다. 하지만 왠지 좁은 방을 보고 있자 짜증이 몰려왔다.

"아, 갑자기 짜증."

지난 생에도 미친 듯이 공부만 하다가 죽은 것 같은데 똑같은 짓을 하려고 하니 왠지 짜증이 밀려왔다.

"그렇다고 스트레스를 풀 수도 없고."

지금의 나이는 열여섯 살. 미성년자다. 술도 안 되고 담배도 안 된다. 물론 하려면 못 할 건 없지만 법률계 쪽에 갈 예정인데 사소한 오점이라도 남기면 곤란하다.

'여친이라도 사귈 걸 그랬나. 아니야, 그것도 왠지 위험해.'

한창 여자가 궁금하고 성욕이 왕성해지기 시작하는 나이인 열여섯 살. 그런데 과거의 기억을 가지고 있는 노형진이다 보니 바늘로 허벅지를 찌르는 심정으로 참는 수밖에 없었다. 그렇다고 섣불리 일을 저지르면 또 기록에 남을 수도 있다.

"젠장, 면허도 못 따니 나가지도 못하잖아."

기숙 학원이라고 해서 시내에 있는 게 아니다. 상당히 깊은 시골에 있다. 주변에 놀거리가 많으면 방해가 되기 때문이다. 그래서 여기서 시내, 아니 읍내로 나가려면 하루에 두 번 있는 버스를 타야 한다. 물론 자가용이 있는 사람들은 마음대로 나가지만 당장 노형진은 운전면허를 딸 수 있는 나이가 아니다.

"아, 미친 듯이 공부해서 한 번에 붙어야지, 더러워서 진짜."

다 아는 걸 다시 해야 한다는 것에 짜증을 부릴 때쯤 문이 열리면서 한 남자가 들어왔다. 그런데 복장을 보니 껄렁껄렁한 것이 그다지 공부할 타입은 아니었다.

"안녕."

이 시즌에 짐 들고 이 안으로 들어온다는 건 당연하게도 룸메이트라는 뜻이기 때문에 노형진은 애써 반갑게 인사했다. 그런데 문제는 상대방의 반응이었다. 물론 상대방이 생각보다 어려 보이는 자신의 모습에 어색하게 생각할 수도 있다는 건 예상했다. 그런데 그 반응은 예상하고 많이 달랐다.

"이런, 젠장! 이런 애송이가 룸메라니."

"애송이?"

"엿 같아서 진짜. 방 바꿔 달라고 할 거야! 애송이랑 어떻게 가까이 살아? 존나 젖비린내 나네."

'짜증 나게 생겼구만.'

하필이면 룸메라고 들어온 녀석이 반미친놈이었던 것이다.

"당장 방 바꿔 달라고 할 거야!"

소리를 버럭버럭 지르는 남자를 보고 노형진 역시 고개를 흔들었다.

"나도 바꿔 달라고 할 거다."

노형진이 대꾸하자 순간 멈칫한 남자. 그의 입에서 미소가 떠올랐다. 미안함이나 반가움이 아니라 먹잇감을 발견한 듯한 미소였다.

"어린 새끼가 주제도 모르고 깝치네?"

"넌 입이나 닥쳐, 이 미친 새끼야."

저쪽에서 적대적으로 나오는데 이쪽에서 우호적으로 나갈 필요는 없다. 물론 그렇게 나가서 우호적으로 관계가 바뀔 수도 있지만 지난 삶에서의 경험상 이런 새끼는 답이 없는 놈들이었다.

"너 같은 새끼랑 같이 안 써."

"다행이네. 나도 젖비린내 나는 놈이랑 살고 싶지 않거든?"

그렇게 두 사람은 으르렁거리면서 끝났다고 생각했다. 그러나.

"방이 없습니다."

"네?"

"방이 없다고요."

"하지만……."

"규정상 한번 정해진 방은 바꿀 수 없습니다."

'아오, 쌍!'

노형진은 말 그대로 욕이 목구멍까지 튀어나왔다. 하필이면 룸메이트가 미친놈이라니.

⚖️

'내 인생은 왜 이렇게 꼬이냐?'

노형진은 강의실로 가면서 한숨을 쉬었다. 다음 날 방에 갔을 때 그는 온 방 안에 가득한 깃발을 보고 입을 떡 벌릴 수밖에 없었다. 어제 미친 새끼라고 부른 건 하는 짓거리가 짜증 나서였는데 농담이 아니게 된 것이다. 온 방 안을 일장기와 욱일승천기로 가득 채워 놓은 것이다. 심지어 그의 자리 쪽에까지 말이다. 항의했지만 들은 척도 안 했다.

"여, 애송이!"

심지어 자기를 따라다니면서 괴롭히고 있었다. 분명히 수강 과목이 다른데도 말이다.

"빡큐, 애송이!"

같이 다니는 놈들 역시 욕을 날리고는 차를 끌고 가 버리자, 노형진은 부글거리는 속을 식히면서 강의실로 들어갔다.

"안녕?"

그런데 그날은 평소와 달랐다. 아무래도 나이가 어리다 보니 아직은 사람들에게 거리감이 있는 상황이었는데 여학생 한 명이 그에게 다가온 것이다.

"안녕하세요."

"난 효린이야. 네가 그 소문의 천재구나?"

"소문의 천재?"

"입학시험에 1등."

학원이기는 하지만 들어오려고 하는 사람이 많기 때문에 시험을 봐서 뽑는다. 그런데 거기서 1등을 했던 것이다.

"하하하."

"근데 처음부터 된통 걸렸네."

"된통 걸리다니요?"

"이재명 말이야."

"이재명?"

"네 룸메이트. 이름도 모르니?"

노형진은 어깨를 으쓱했다. 알 리가 없다. 그 녀석이랑 통성명은커녕 말도 안 하는 판국이다.

"하긴, 그 녀석이 자기 이름을 알려 줄 리가 없지."

"이재명이었나요?"

"그래, 나랑 같은 학교를 다녔지. 근데 꼴통에 바보야. 친일파의 전형 같은 인간이지. 멍청하기도 하고."

"근데 여기에는 왜 온 거예요?"

"나 좋다고 따라온 거야, 짜증 나지만. 다행히 대가리가 꼴통이라 전혀 경쟁이 없는 쪽에 들어와서 학과는 다르지만. 그래서 미안해서."

"아, 쌍."

노형진의 입에서 절로 욕이 나왔다. 하는 짓이 꼴통이기에 도대체 왜 왔나 싶었다. 기숙 학원은 공부할 사람들이 오는 곳이기 때문이다. 그런데 여자를 따라왔을 줄이야.

"저런 꼴통이 들을 수 있는 수업이 있어요?"

"농업반."

"뭔 반?"

"그냥 농사지을 사람들을 가르치는 곳이야. 거기는 돈만 주면 들어오거든. 게다가 수업을 꼭 들어야 하는 것도 아니고. 언제나 정원 미달이니까. 거긴 애초에 귀농하려는 나이 지긋한 분들을 대상으로 하는 곳이거든."

"끙."

학교도 아니고 학원이다. 법학반이야 들어오려는 인간이 많으니 안 나오면 자르겠지만, 농업반 같은 미달 수업은 안 나온다고 자를 이유가 없다. 돈이니까.

'저 꼴 보기 싫어서라도 한 번에 붙어야지.'

부르르 떠는 노형진이었다.

⚖

"그 애송이 새끼가 문제를 일으킨다면서?"

"그래, 효린이랑 친하게 지내더라구."

"망할 새끼, 한번 제대로 밟아 봐야 할 것 같은데?"

효린과 재명은 같은 학교 출신이다. 물론 호감 있는 관계였거나 아니면 최소한의 교제라도 한 건 아니다. 엄밀하게 말하면 재명이 효린을 좋아하지만 효린은 재명을 싫어한다. 너무 멍청하기 때문이다. 멍청한 걸 떠나서 학교에 다닐 때도 집단 왕따나 폭행을 하던 인간 실격인 녀석이었다. 그런 녀석을 좋아하기에 효린은 너무 학구적인 타입이었다.

"망할 애송이 새끼, 어디서 효린을 꼬셔?"

물론 노형진이 알았다면 기가 막힐 노릇이다. 효린이 노형진에게 관심이 있느냐 하면 그것도 아니다. 효린의 입장에서 노형진은 막냇동생이나 마찬가지였다. 누가 봐도 애인데 이성으로 보일 리가. 그들이 친해진 이유는 아이러니하게도 둘 다 재명을 싫어한다는 것이니 그 이유를 제공한 재명이 화내는 건 어이없는 짓이었다.

"한번 제대로 밟아 보자."

"그래, 한번 밟아 버리면 알아서 기겠지."

여전히 고등학교 때의 버릇을 고치지 못하고 애먼 생각을 하는 재명이었다.

"날 잡아. 한번 제대로 당하면 알아서 기겠지."

그들은 그렇게 생각하면서 이를 빠드득 갈았다.

⚖

"으하암."

노형진은 입맛을 쩝쩝 다시면서 침대로 향했다.

"공부, 공부, 공부. 짜증 난다."

스트레스를 풀 만한 것도 없이 공부만 하는 삶이 가끔은 짜증 나지만 현재는 사법시험 합격이라는 뚜렷한 목적이 있었기 때문에 당분간은 집중할 생각이었다.

'뭐, 어렵지는 않겠지만.'

아무리 사법시험이 어렵다고 해도 그건 결국 일반적인 과정을 밟는 학생들의 수준에서 어려운 거지, 현직에서 10년이 넘게 있었던 그에게는 그다지 어려운 일도 아니었다. 다만 혹시나 모를 실수에 대비해서 공부하는 것뿐이다.

'그나저나 요즘 이 새끼는 안 들어오네?'

노형진은 반대쪽에 있는 침대를 보면서 얼굴을 찌푸렸다. 자신을 괴롭히던 녀석이 갑자기 안 들어오기 시작한 것이다. 뭐, 이유는 알 것 같다. 애송이와 자기 싫다고 하던 놈이니 친해진 사람이 있는 지금에 와서는 분명히 다른 곳에서 자는 것일 게다.

"그나지나 요즘 시대에 친일파리니."

노형진은 피식 웃었다. 물론 한국에는 친일파가 많다. 정치인의 절반이 친일파라는 소문도 있다. 그러나 대놓고 일장기와 욱일승천기를 두르고 다니는 병신은 없다. 취업은커녕 사회생활도 못 하게 되니 말이다.

"그나저나 이 녀석은 무슨 생각을 하고 사는 거야?"

문득 묘한 호기심이 든 노형진은 그의 침대로 향했다. 도대체 무슨 생각을 하기에 이렇게 미친 짓을 하고 다니는 건지 궁금했기 때문이다. 꼴을 보아하니 오늘은 오지 않을 것 같으니 기억을 읽는 것도 모를 것이다. 아니, 자기가 그런 능력이 있는 걸 알지도 못하니 이해도 못 할 것이다.

"도대체 무슨 생각을 할까?"

처음에는 그저 공부에 지친 머리를 식힐 겸 재미 삼아서 시작한 사이코메트리였다. 하지만 시간이 지날수록 노형진의 얼굴은 딱딱하게 굳어졌다.

"이런 미친 새끼가."

침대에서 읽은 것은 어떤 계획이었다. 그것도 자신에 관한 계획.

"이런 짓까지 하려고 하다니, 제대로 미친 건가?"

못된 장난이라고 하면 못된 장난이지만, 치명적일 정도로 위험한 장난이기도 했다. 자신을 납치해서 멀리 산속에다가 버리고 오자는 것이다. 심하게 다칠 수도 있고 운이 나쁘면 죽어 버릴 수도 있는 게 산이다. 그런데 그런 위험한 곳을 골라서 가져다 버리자는 계획이었던 것이다.

'미필적 고의라는 거냐?'

미필적 고의란 쉽게 말해서 그렇게 될 수도 있지만 그렇게 되면 어쩔 수 없다는 뜻이다. 지금 사태를 보면 만일 그곳에 던져 두면 죽을 수도 있겠지만 그래도 자기는 상관없다는 뜻이다.

'이런 미친 새끼.'

이는 미필적 고의에 의한 살인이 워낙 형량이 작아서 그런 것이다. 우리나라는 미필적 고의로 사람이 죽으면 길어 봐야

5년 형이기 때문이다.

'아무리 대가리에 돌이 들었다지만.'

그런 범죄행위를 단순히 장난삼아서 '죽으면 어쩔 수 없고.'라는 생각으로 하려는 재명의 생각을 보니 진짜 대책이 안 섰다.

"어쩌지?"

노형진은 고민에 빠졌다. 그냥 당해 주자니 너무 위험하다. 산에 버려지면 저체온증으로 죽을 수도 있다.

"도망 다녀?"

그럴 수는 없다. 이 미친놈은 분명 노형진이 그만둘 때까지 괴롭힐 것이다. 학교에 다닐 때도 왕따 피해자가 아주 멀리 전학을 가거나 자살할 때까지 괴롭혔다고 하니 말이다.

"싸워?"

싸워도 자신이 불리하다. 어리고 체구도 작은 데다가 저쪽은 세 명이다.

"이런 옛 같은 경우가."

도움을 요청하자니 마땅한 이유가 없다. '침대에서 기억을 읽었습니다.'라고 말하면 미친놈으로 취급받거나 어딘가의 실험실로 끌려갈 것이 뻔했다. 경찰이 와서 지켜 줄 것 같지도 않고 말이다.

"아, 돌겠네. 이 미친 새끼."

노형진은 머리를 쥐어짜기 시작했다. 집 근처도 아니니 도움을 청할 곳도 없고, 그렇다고 도망간다고 해결될 문제도 아니었다.

"그래, 한국에서 규정에 따르면 난 병신이겠지."

한국은 정당방위를 무척이나 인정하지 않으려고 한다. 그러다 보니 이런 경우에는 납치돼서 버려졌다가 경찰에 신고해야지, 그걸 막기 위해서 저항하면 쌍방 폭행으로 처벌받을게 뻔하다.

"오냐, 이 엿 같은 새끼야. 한번 된통 당해 봐라, 군대도 안 간 새끼가. 나, 병역 필이야, 왜 이래! 대한민국 병장 제대의 힘을 보여 주마!"

물론 그건 과거의 삶이었지만 그때의 경험은 다 가지고 있으니 엿을 먹이는 데에는 충분했다.

♎

"저기 가네."

"운동하나 본데?"

시골이다 보니 주변에는 숲이 많다. 그러다 보니 그 숲을 뛰어다니면서 운동하는 사람들이 있기 마련이다. 형진 역시 며칠 전부터 운동을 시작했다. 체력을 기르기 위해서다. 그리고 그걸 놓칠 재명 패거리가 아니었다.

"사람 없어?"

"오케이."

늦은 밤 숲 속에 뛰어다니는 사람은 드물다. 하지만 노형진이 공부를 마치고 숲에서 뛰어다니는 것을 그들은 알고 있었다.

"차는?"

"빌려 왔어."

커다란 승합차 한 대를 끌고 오는 동료의 모습에 재명은 미소 지었다.

"애송이 새끼, 오늘 뒈졌다고 복창해라."

"근데 문제가 되진 않을까?"

한 명이 걱정스럽게 말했다. 안 그래도 위험한 산이다. 운동하는 가벼운 복장으로 버려지면 재수 없을 경우, 얼어 죽을 것이다.

"죽으면 어쩔 수 없는 거지, 뭐. 자기 운명이지."

"경찰에 신고하면?"

"그냥 장난이라고 하면 되는 거야. 한두 번 해 보냐?"

물론 그렇게 장난쳤다가 노형진이 죽으면 그냥 재수 없는 일일 뿐이다. 자신들과 상관없는 일 말이다.

"확인해 봐."

"체크."

자신들의 복장과 상태를 확인한 세 명은 천천히 어둠 속으로 들어갔다. 그리고 노형진이 코너를 돌아서 나오기를 기다렸다.

"헉헉헉."

거친 숨을 쉬면서 노형진이 코너를 도는 순간, 그들은 번개같이 튀어나가 그의 얼굴에 천으로 된 두건을 씌웠다.

"누구야!"

"야! 실어!"

강제로 노형진을 차에 태우고 움직이기 시작하는 밴.

"바로 달려."

승합차는 아주 멀리 있는 산 쪽으로 달리기 시작했다. 노형진은 그 차의 뒤쪽에 있는 짐칸에 마치 쓰레기처럼 버려져 있었다. 손발이 묶여 있었고 꼼짝도 할 수가 없었다.

'아우, 아파라, 썅……. 이건 기억에 없었는데.'

자신을 잡는 순간 누군가 휘두른 야구 배트에 맞아서 쓰러졌는데 무척이나 아팠다. 계속 재명의 자리에서 기억을 읽어 왔기 때문에 이때쯤 벌어질 거라 예상하고 있었고 솔직히 밤중에 운동을 시작한 것도 이들을 자극하기 위해서였다.

'진짜 멍청한 놈들이네.'

아니나 다를까, 함정에 빠진 재명 패거리는 그를 강제로 승합차에 태우고 산으로 달려가고 있었다.

"헤이, 애송이, 이건 다 네가 자초한 일이라고!"

낄낄거리면서 웃는 재명. 그걸 보고 노형진은 기가 막혔다.

'납치의 기본도 모르냐?'

일단 납치하면 목소리의 공개를 막기 위해서 대화를 일절 금지하고 온몸을 뒤져서 핸드폰이나 무기류를 압수하는 게 기본이다. 그런데 이 녀석들은 그 자체를 모르는 것 같았다.

'뭐, 그렇게 나온다면야.'

어찌 되었든 그들이 납치를 시작했으니 노형진도 반격할 때였다. 그는 허리춤의 버클을 더듬거려서 만졌다. 그리고 살짝 당기자 버클이 분리되면서 짧은 칼이 나왔다. 칼이 내장된 버클이었다.

"가면 아마 산짐승들이 좋아할 거야. 젖비린내 나는 야들야들한 고기잖아, 후후후."

"아, 신선한 고기! 으하하."

"소화 잘되겠네, 으하하! 소화 잘되는 고기!"

노형진이 뒤에서 뭘 하는지도 모르는 세 사람은 한참을 낄낄거렸다. 노형진은 그들의 말을 무시하고 칼을 끼내서 자신의 손과 발에 묶여 있는 끈을 끊어 냈다. 재명 패거리는 자기들끼리 떠드느라고 정신이 없었다. 전문적인 범죄자가 아니라 그저 얼치기였기 때문에 뭘 어떻게 해야 하는지도 몰랐던 것이다.

'이쯤이면 되겠군.'

허리춤에 있는 칼로 끈을 끊어 낸 노형진은 왼쪽 발목을 더듬었다. 그러고는 그곳에 매달린 작은 통 두 개를 집어 들었다. 혹시나 저 녀석들이 몸수색이라도 할까 해서 발목에 묶어 놨는데 저 멍청한 놈들은 그저 자신을 잡았다고 신나서

묶기만 했다. 심지어 핸드폰까지 빼앗을 생각을 안 하다니.

'죽어 봐라, 이 새끼야.'

한참을 묶여 있는 듯 웅크리고 있는 노형진.

"야, 이쯤이 좋겠다."

"핸드폰 안 터지지?"

"안 터지네."

"딱 좋네."

도착하고 나서야 핸드폰을 안 빼앗은 이유를 알 수 있었다. 애초부터 핸드폰도 터지지 않는 산에다가 버릴 생각이었던 것이다. 컴컴한 밤에 산에 버리면 대부분 길을 찾지 못한 채로 방황하기 마련이고 핸드폰마저 안 터지면 얼어 죽기 십상이었다.

"끌어내자."

바깥으로 노형진을 끌어내기 위해서 차에서 내리는 세 사람. 그들이 시야에서 사라지자 노형진은 꺼낸 통의 위치를 확인하고 그걸 양손에 꽉 잡았다.

"여기가 네 무덤이 될 거다, 이 씨발 새끼야."

뒷문을 벌컥 열면서 끌어내기 위해서 다가오는 세 사람. 그 순간 노형진이 번개같이 움직였다.

치이익!

"끄아악!"

"끼아악!"

호신용 스프레이를 얼굴에 맞은 두 놈은 비명을 질렀다. 호신용 스프레이는 시중에서 쉽게 살 수 있는 물건이고 또 싸다. 물론 기습적으로 써야만 효과가 있다는 약점과 바람에 약하다는 약점이 있지만 차라는 밀폐된 공간에 문 앞에서 기다리다가 바로 쐈으니 빗나갈 이유가 없었다.

"내 눈! 끄아아악! 내 눈!"

두 눈을 붙잡고 비명을 지르는 두 인간. 남은 한 명은 그걸 보고 당황했다. 그사이 노형진은 차에서 뛰어나오면서 허벅지 쪽에 감춰 둔 3단 봉을 펼쳤다.

파파팍!

호쾌한 소리와 함께 펼쳐진 3단 봉을 그대로 노형진은 남은 사람의 발을 향해 휘둘렀다. 여기서 중요한 점은 아무리 싸구려 3단 봉이라 해도 인간의 뼈보다는 단단하다는 사실이다.

"끄아악!"

주저앉으면서 비명을 지르는 녀석. 노형진은 눈을 부여잡고 비명을 지르는 두 놈을 밀쳐 내고서 잽싸게 운전석으로 향했다. 다행히 멍청해서 그런 건지 아니면 버리고 바로 도망갈 생각을 해서 그런 건지, 차 키는 그대로 꽂혀 있었다.

부아앙!

"아, 안 돼!"

차를 끌고 내달리는 노형진. 그러나 노형진은 그걸 끌고 끝까지 가지 않았다. 대략 3킬로미터쯤 온 다음에 차에서 내린 후 근처의 나뭇가지로 고정 장치를 만들어서 바위에 들이받아 버린 것이다.

펑!

차는 결국 움직일 수가 없게 되었다.

"좋았어."

이대로 돌아가면 자신은 분명 상해죄로 처벌받는다. 한국의 법은 웃겨서, 철저하게 가해자 편이기 때문이다. 실제로 여자가 강간 위협에서 남자의 차를 빼앗아서 도망치다가 남자가 다시 차를 빼앗기 위해서 뛰어드는 바람에 남자가 다쳤는데, 도리어 강간 피해자인 여자가 상해죄로 구속되기까지 했다. 결과적으로 강간 미수범인 남자보다 중상해로 여자가 더 크게 처벌받는 말도 안 되는 사건까지 있었다.

"내가 이대로 돌아가면 아마 날 상해로 집어넣겠지."

최대한 자신이 피해자라는 걸 어필하기 위해서는 자신도 상당한 피해를 입어야 한다.

"물론 그냥 당해 주진 않을 거다."

그는 슬쩍 입고 있던 추리닝을 벗었다. 그러자 그의 몸에는 칭칭 감아 둔 생존용품들이 나타났다. 소형 삽과 체력을 보충하는 데 쓰는 미군 전투용 캔디 바. 그리고 단열과 보온 효과가 뛰어난 은박지 형태의 보호 비닐까지.

"핸드폰이 안 터진단 말이지."

핸드폰도 안 터지고 차도 박살 났으니 당연히 저 녀석들은 도움을 청하지 못할 것이다. 이런 상황에서 저 녀석들에게는 생존 물품이 없다. 자신처럼 군대 경험이 있는 것도 아니다.

"누가 더 버티나 두고 보자, 이 씨발 놈아."

⚖️

사흘. 노형진은 사흘간 산속에서 버텼다. 삽으로 땅을 파고 방수 방열 비닐로 지붕을 만들고 거기에 나뭇잎을 뿌려서 완벽하게 보호했다. 밤에는 불을 피워서 돌을 달구고 그걸 자신의 비트 안에 두고 잤다. 그러니 최소한 얼어 죽을 일은 없었다. 물론 자신의 상황상 피곤해 보여야 하기 때문에 먹는 건 최소한으로 했지만 캔디 바의 특성상 충분한 열량은 확보할 수 있었다. 그리고 드디어 사람들이 그를, 아니 차를 찾기 위해서 여기까지 왔다.

"여기요!"

노형진은 사람들을 발견하고는 그쪽으로 뛰어가기 시작했다. 사람들이 올 거라는 사실은 알고 있었다. 그렇기 때문에 자신 있게 차를 부술 수 있었던 것이다.

"누구세요?"

"헉헉…… 살려 주세요. 납치당했어요."

"납치?"

그 말에 얼굴이 딱딱해지는 남자였다. 그는 렌터카 회사의 직원으로 대여된 차량이 돌아오지 않자 GPS를 추적해서 차량을 찾으러 온 것이다. 그리고 GPS는 위성으로 찾는 거라 핸드폰이 터지는 것과는 전혀 상관없었다. 물론 노형진은 그 사실을 알고 기다린 것이다. 하지만 그 세 놈은 몰랐을 것이다.

"어떤 놈들이 이 차로 저를 납치했어요. 간신히 탈출하긴 했는데……."

그 말에 진심으로 놀라는 얼굴이 되는 남자. 자신들의 차가 납치 같은 강력 범죄에 사용될 줄이야.

"일단…… 다친 곳은 없죠?"

"네, 다행히……. 다치기 전에 도망칠 수 있었어요."

"그 녀석들은요?"

"모르겠어요. 그 녀석들이 절 끌어내리려고 해서 밀쳐 내고 도망쳤는데……."

"알겠습니다. 일단…… 여기를 떠나야겠군요."

핸드폰을 꺼내 든 남자는 얼굴을 찌푸렸다. 핸드폰이 터지지 않았기 때문이다.

"차에 타십시오. 일단 떠납시다."

어차피 차는 사고로 고장 났으니 여기서 움직이지 못한다. 문제는 납치범이다. 그 녀석들이 이 아이를 찾고 있다면 위험하다. 재수 없으면 자신들에게 해코지할 수도 있다.

"어서 타세요, 어서!"

그들이 타고 온 차에 올라탄 노형진은 멀어지는 산을 보면서 안도의 한숨을 내쉬었다.

'이제 끝났군.'

핸드폰이 터지자마자 렌터카 회사 직원은 바로 경찰에 신고했고 경찰은 바로 수색을 시작했다. 그리고 다음 날 그 녀석들을 발견할 수 있었다. 그 녀석들은 방향을 잃어버리고 이리저리 떠돌다가 경찰을 발견하고는 살려 달라고 고래고래 비명을 질러 댔던 것이다.

때마침 경찰서에 조사차 왔던 노형진은 그들을 보고 얼굴을 찌푸렸다. 발견된 것은 두 명이었다. 한 명은 결국 얼어 죽었다. 자신이 다리를 부러뜨린 짝자였디. 문제는 그게 아니었다.

'옷이 바뀌었군.'

죽은 자의 옷을 그 두 놈이 입고 있던 것이다. 둘 중 하나다. 죽이고 빼앗았든가, 아니면 죽은 후에 벗겼든가.

'전자겠군.'

노형진은 옷과 얼굴에 묻어 있는 피를 보고 확신했다. 그가 한 공격은 사람을 죽일 정도는 아니었다. 스프레이일 뿐이며 다리가 부러진 것뿐이다. 그런데 그 녀석의 얼굴과 옷은 피범벅이었다. 누군가 격하게 저항했다는 뜻이다.

'미필적 고의란 말이지.'

갑자기 코웃음이 나왔다. 저 녀석들은 죽으면 어쩔 수 없다는 생각으로 자신을 버리고 도망치려고 했다. 자신 역시 저 녀석들이 죽어도 어쩔 수 없다는 생각으로 저항했고 도망쳤다. 둘 다 미필적 고의지만 그들은 불법이었고 자신은 합법이었다. 똑같은 목적이 낳은 다른 결과에 노형진은 웃음을 참느라고 고생할 수밖에 없었다.

이것이 법이다.

나 프로거든?

  결과적으로 그 사태는 노형진에게 생각지도 못한 이득을 안겨 줬다.

  학원 측에서 그가 왕따를 당하는 것을 알면서도 사전에 방을 옮겨 주지 않아서 해당 사건이 벌어진 것으로 보고 사과의 의미로 노형진에게 학원비를 전액 할인해 주고 2인실을 혼자 쓸 수 있도록 배려해 준 것이다. 물론 심리적인 문제를 걱정해 준다는 투였지만 실상은 학원의 관리 책임을 묻기 위해서 소송을 걸까 걱정해서였다.

  "뭐, 땡잡았네."

  노형진은 생각지도 못한 결말에 마음이 흡족했다. 어찌 되었든 자신이 공부하기 위한 최상의 조건이 갖춰졌다. 학원을 상대로 소송할 수도 있겠지만 어차피 공부해야 하는 학원이기 때문에 그럴 생각까지는 없었다.

"일단은……."

35학점을 따기 위해서 밤이고 낮이고 공부에 몰두하는 노형진이었다. 아무리 전반적으로 다 알고 있다고 하지만 세세한 것은 한번 읽어 줘야 하기 때문이다.

그렇게 공부하면서 시간을 보내던 노형진에게 당혹스러운 일이 닥친 것은 한참이 지난 후였다.

"손해배상 청구 소송? 이게 무슨 개소리야?"

법원에서 손해배상 청구 소송 건으로 연락이 온 것이다. 애초에 형사처벌은 100% 정당방위로 결판이 났고 이재명은 교도소로 끌려가 버렸다. 그런데 손해배상이라니.

'허허, 참…… 세상은 넓고 병신은 많다더니만.'

소송의 주체는 재명 패거리의 부모들이었다. 그들이 노형진에게 손해배상을 청구한 것이다.

"적반하장이 딱 이쪽이네."

미국에서 500달러짜리 바지가 망가졌다고 6,700만 달러 손해배상 청구 소송을 했다는 미친 소리도 들어 봤지만 설마 가해자 부모가 피해자에게 손해배상을 청구할 줄이야.

"어쩔 건가, 노 군. 변호사를 구해 줄까?"

심지어 어이가 없었던지 학원장조차 그를 불러다가 물어볼 정도였다. 수많은 법조인들이 이 학원을 거쳐 갔으니 능력 있는 사람을 구하는 것은 어렵지 않을 것이다.

"아니요, 그럴 필요는 없습니다. 제가 직접 하죠."

"직접? 하지만 자네는 아직 수업도 제대로 못 들었잖나?"

"어차피 실전을 한번 겪어 봐야 합니다."

"공부했다고 다 할 수 있는 건 아니네. 공부와 실전은 달라."

"전 충분히 준비했다고 생각합니다."

"허허, 참."

학원장은 기가 막히다는 표정을 지었다.

물론 직접 변론하는 건 가능한 일이다. 하지만 재판이라는 건 미묘해서, 명백하게 피해자임에도 불구하고 실제로는 민사에서 손해배상을 하는 경우가 종종 있기도 하다.

"정말 자신 있나?"

"그럼요."

"혹시 변호사 비용 때문에 그러는 건가?"

"아닙니다. 그냥 제가 직접 할 수 있어서 그러는 겁니다."

노형진은 자신했다.

"비용 때문에 그런 게 아니라면야……."

"한번 해서 안 되면 2심에서 변호사를 쓰죠, 뭐."

"자네가 그렇게 말한다면야……."

학원장은 불안한 듯 말했지만 노형진은 자신이 있었다.

'이런 말도 안 되는 재판에 내가 멍청하게 질 것 같냐? 내가 법원에서 먹은 밥이 몇 그릇인데.'

그는 전혀 질 생각이 없었던 것이다.

시간이 흘러서 결국 재판이 시작되었다. 노형진이 걱정한
건 재판에서 질지도 모른다는 게 아닌, 저 망할 재판 때문에
책 볼 시간이 없어질 수도 있다는 것이었다.

"친애하는 재판장님."

상대방 부모는 자기네 아들 인생이 박살 난 것이 무척이나
억울했던 모양이다. 무려 10억 원이라는 손해배상을 청구한
걸 보니 말이다.

"피고는 그날 사건에서 고의적으로 피해자들에게 상해를
입히고 불필요한 희생을 만들어 원고의 자녀들에게 돌이킬
수 없는 피해를 가했습니다."

변호사가 당당하게 나서서 말을 꺼내자 노형진은 피식 웃
었다.

'그렇게 나온단 말이지?'

법정에서 하는 말은 단순히 볼 것이 아니다. 당장 저 변호
사가 쓴 피해자라는 말은 단순하게 넘어갈 수도 있는 뜻이지
만, 사실 저 변호사가 노리는 것은 가해자인 두 사람을 교묘
하게 피해자로 포장하여 일종의 동정표를 얻으려는 것이다.

"재판장님, 이의를 신청합니다. 형법상 가해자들은 명백

하게 납치를 실행하였고 그로 인하여 구속 수사 중에 있습니다. 피해자라는 지칭은 적당하지 않습니다."

"인정합니다. 원고 측 변호인, 그냥 원고라고 지칭하십시오."

"네."

생각지도 못한 공격에 순간 당황한 변호사였다. 이런 단어의 선택에 대한 반격은 진짜 이 바닥에서 구르고 구른 변호사들이 아니면 잘 모르는 심리적 공격 수단인데 그걸 한 번에 차단한 것이다.

'뭐지, 저 녀석?'

법대생도 아니고 법률 학원에 다니는 녀석이 이렇게 잘 안다는 게 이상했지만 시작한 이상 멈출 수는 없었다.

"원고의 자녀들은 그저 단순한 장난에 지나지 않았다고 몇 번이나 말했습니다. 그곳에서 겁민 주고 데려오려고 했다는 것입니다. 도리어 피고인 노형진은 스프레이와 3단 봉 등 대비책을 가지고 있었습니다. 이는 노형진이 모든 사실을 알고 있었으며 그에 대비한 것이라는 뜻입니다. 범죄를 사전에 인지하고도 이를 차단한 게 아니라 이를 이용하여 상해를 입힌 것입니다."

'호오?'

노형진은 자신의 반대편에 있는 변호사를 날카로운 눈으로 바라보았다. 아까 단어 선택도 그렇고 이번 공격도 그렇고 상당히 날카로운 사람이었기 때문이다.

'남상주 변호사라……. 남상주…… 잠깐, 그 남상주? 남우 로펌의? 어쩐지…….'

미래의 일이지만 남상주는 우정상이라는 변호사와 로펌을 차린다. 그리고 단 5년 만에 한국에서 독보적인 자리를 차지할 정도로 성장한다. 그는 그만큼 실력이 있는 변호사였다.

'그러니까 이렇게 당당하게 나올 수 있지.'

일반인이라면 노형진이 일을 꾸민 것을 알지 못했을 것이다. 하지만 그는 알아낸 것이다.

'어쩐지 저쪽에서 자신만만하게 소송을 걸더니만. 만만치 않겠어. 생존용품은 완전히 폐기하고 나오길 잘했군.'

생존용 캔디 바는 남은 건 먹어 버리고 비닐은 땅속에 묻어 버렸다. 방한용 생존 비닐 역시 잘게 찢어서 바람에 날려 보냈다. 삽 역시 바위 아래 숨겨 놨다. 즉, 자신이 꾸몄다는 증거는 전혀 없는데도 알아낸 것이다.

'오랜만에 재미있겠는데?'

왠지 기대하게 되는 노형진이었다.

"첫 번째 증인을 신청하겠습니다. 그 당시 최초 발견자인 우광현을 증인으로 신청합니다."

"인정합니다."

그 말에 앞으로 나오는 남자. 그는 렌터카 직원으로, 노형진을 처음 발견한 사람이었다.

"증인, 선서하세요."

"선서!"

증인 선서가 끝나고 본격적으로 질문이 시작되자 남상주는 초장부터 아주 날카로운 질문을 던졌다.

"제가 듣기로는 피고를 발견했을 때 무척이나 침착해 보였다고 했는데 사실입니까?"

"네, 사실입니다. 무척이나 침착하게 도움을 요청했습니다."

"일반적으로 납치당한 사람이 그렇게 침착한 게 이해가 갑니까?"

"그, 글쎄요?"

"네, 아니요로 대답해 주십시오."

"일반적으로는 힘들겠지요."

"그럼 일반적인 중학교 3학년인 열여섯 살 학생이 사흘간 그런 곳에서 생존하는 건 가능하다고 생각하십니까?"

"아마도…… 힘들 겁니다. 조금 있으면 겨울이고 밤에는 추우니까요."

"그렇지요? 그런데 발견된 노형진 군은 피곤해 보이는 것 말고는 멀쩡해 보였다는 거죠?"

"그렇습니다."

'아픈걸.'

전혀 생각하지 못했던 쪽으로 공격을 시작하는 남상주 변호사.

"그럼 피고는 사건에 대해서 사전에 인식하고 있었을 수도 있다는 뜻이네요?"

"글쎄요."

"네, 아니요로만 대답하시라니까요."

"네, 평이한 문장 구사로 봐서 알고 있었을 수도 있다고 생각합니다."

"그럼……."

계속되는 질문. 그건 마치 절묘하게 노형진이 사건을 사전에 알고 있다는 쪽으로 몰아가고 있었다.

"그래서 미리 준비하고 예상하고 있었다는 겁니다. 보다시피 피고는 사전에 사건이 벌어질 것을 예상하고 있었을 가능성이 높습니다. 방어용품을 미리 구입한 것이 그 증거입니다. 그럼에도 불구하고 이를 회피하지 아니하고 도리어 분쟁을 유도함으로써……."

'역시 만만한 사람이 아니야.'

완벽하게 일을 처리했다고 생각했다. 하지만 남상주는 정확하게 약점을 지적하고 있었다.

'내가 너무 오래 쉬었나. 감을 잃었나 보군.'

사소한 실수로 이렇게 몰릴 줄은 몰랐던 노형진이었다. 하지만 그렇다고 해서 방법이 없는 건 아니었다.

"본인은 피고로서 변호사를 쓰지 않고 직접 변론에 나서겠습니다."

앞으로 나서는 노형진을 바라보는 사람들. 그는 증인 앞으로 나서서 입을 열었다.

"증인, 증인은 부모님이 있습니까?"

"네?"

"재판장님, 이건 이번 사건과 관련이 없는 질문입니다."

남상주는 재빨리 차단했지만 노형진 역시 반박했다.

"필요에 의한 질문입니다."

"음……."

잠시 고민하던 판사는 노형진의 편을 들어 줬다.

"다음 질문에 대해서 들어 봐야 판단할 수 있겠습니다. 일단, 질문하세요. 부적절하다고 판단되면 바로 차단하겠습니다."

"네, 다시 질문하죠. 부모님이 계십니까?"

"아버지는 돌아가셨고 어머니가 생존해 계십니다."

"그럼 아버지의 장례를 치르셨겠네요?"

"네."

"아버님이 돌아가셨을 때 충격이 컸습니까?"

"무척이나 컸습니다. 사고로 갑자기 돌아가신 거라……."

"아마도 삼일장을 치르셨을 텐데요."

"네."

"그럼 삼일장이 끝나고 난 후 회사를 퇴직하거나 아니면 정신적 치료를 받으신 적이 있습니까?"

"없습니다만."

"그럼 사흘이면 큰 사건이 일어나고 난 후에 어느 정도 정신을 추스릴 수 있는 시간이라는 거군요."

"그 정도면 충분하겠군요."

그제야 남상주는 왜 그런 공격을 했는지 알 수 있었다. 사흘. 일반적으로 사람이 적응하기 위해 걸리는 시간.

"저는 납치된 지 사흘, 그날까지 합치면 나흘 만에 발견되었습니다. 일반적인 사람이라면 트라우마에서 벗어날 정도의 시간은 아니지만 충분히 사건에 적응하고 합리적인 판단을 할 수 있는 시간입니다. 모든 인간은 죽습니다. 그리고 부모님을 잃어버리는 고통은 엄청납니다. 그럼에도 불구하고 사흘 후 대부분 일상생활이 가능해집니다. 인간의 정신은 탄력적이기 때문입니다. 원고 측 변호인의 주장에 따르면 피해자인 본인이 사흘, 아니 나흘이 지난 시점까지 패닉에 빠져서 우왕좌왕했어야 정상이라는 건데, 일반적인 사람들은 그 정도 시간이 흐르면 충분히 사태를 이해하고 납득합니다."

"큭."

남상주는 반격에 할 말을 잃었다. 맞는 말이기 때문이다. 더군다나 자신은 노형진의 특수성을 말했지만 노형진은 부모님의 예를 듦으로써 일반적인 성향을 말했다. 어느 쪽이 더 납득 가능한지는 뻔한 일이었다.

"이상입니다."

노형진이 변론을 마치고 나오자 남상주는 똥 씹은 얼굴이 되었다.

"다음 증인을 신청합니다."

결국 이번 싸움은 졌다고 생각한 그는 다음 증인을 바로 신청했다.

"서바이벌 전문가인 정윤상 님을 증인으로 신청합니다."

"인정합니다. 증인."

정윤상은 텔레비전에서 요즘 주가를 올리고 있는 서바이벌 전문가다. 그는 막대한 돈을 받고 증인으로 나온 것이다

"피고는 산속에서 아무런 도움도 없이 나흘간 살아남았습니다. 피고는 어떻게 생각합니까?"

"힘들다고 생각합니다. 중 3의 아직 훈련되지 않는 사람들의 지식 수준과 여물지 않은 육체 능력으로는 나흘간 동사하지 않고 생존하는 것은 힘듭니다."

"그럼 사전에 준비하면요?"

"사전에 준비한다면 가능하죠"

"만일 누군가에게 걸리지 않고 사전에 준비한다면 어떤 게 좋을까요?"

"생존용 보온 필름과 몇 개의 생존용 캔디 바 그리고 삽 등이 필요하겠지요. 그런 것들은 작기 때문에 신체에 붙여서 움직여도 티가 안 납니다."

'쌍!'

한고비 넘어가나 싶었더니만 또 다른 문제가 생겼다. 자신이 가지고 간 것은 충분히 폐기했으니 발견하지는 못했을 것

이다. 그래서 방심했는데 설마 생존 전문가를 불러올 줄이야.

'역시…… 능력 하나만큼은…… 알아줘야겠어.'

변호사의 세계에서 선악은 없다. 그들은 필요에 따라서는 악인도 변호해 줘야 한다. 오로지 능력만이 인정받는 것이다. 그리고 남상주의 능력은 상당히 뛰어났다.

"요즘 같은 계절에 한밤중의 산속의 온도는 몇 도까지 떨어지죠?"

"최하 영하 15도까지 떨어질 겁니다."

"그럼 사람은?"

"저체온증으로 죽겠지요."

그 후에도 질문은 계속되었다. 일반적으로 열여섯 살짜리가 그런 상황에서 나흘을 버티지 못한다는 주제가 질문의 중점을 이루었다.

"이상입니다."

노형진은 판사들과 방청객들의 시선을 살폈다. 그들의 눈에는 의심이 가득했다.

'망할 좆문가질 쩌네.'

법원에서 전문가라는 직함은 상당한 영향력을 가진다. 전문가의 의견이라고 포장해 버리면 남들이 반박하기가 쉽지 않기 때문이다. 물론 그건 상황에 따라서 다르지만 일단 전문가라는 허울을 뒤집어쓰면 사람들은 의심하지 않고 받아들이는 편이다. 그걸 노형진은 과거에 '좆문가질'이라고 표현

했다. 상황에는 관심도 없으면서 일반적인 관점만 강요하기 때문이다.

"피고 측 하실 말씀 있습니까?"

"있습니다."

노형진은 자리에서 일어났다. 여기서 물러날 생각은 없으니 말이다.

"정윤상 님이라고 하셨지요?"

"그렇습니다."

"서바이벌 전문가라고 하셨는데 어디서 배우셨나요?"

"7년간 군대에 있었고 그중 3년은 특전사에 있었습니다. 지금은 서바이벌 전문 학교를 하고 있습니다."

"그러면 서바이벌에 대해서 잘 아시겠네요."

"잘 알고 있습니다."

역시 전문가라는 표정으로 변하는 사람들. 그러나 이쯤에서 반격해 줄 생각에 노형진은 그를 바라보았다.

"정윤상 님."

"네."

"그럼 정윤상 님은 제법 유명한 분이시네요?"

"그렇습니다."

하긴, 유명한 사람이기는 하다. 요즘 대한민국에서 선풍적인 인기를 끌고 있는 서바이벌 책의 저자니까.

'내가 기억하고 있으니 망정이지.'

안 그랬으면 입이 턱 하니 막힐 뻔했다.

"그 유명한 《21세기 서바이벌 즐기기》라는 책의 저자 맞으시죠?"

"그렇습니다."

점점 당당한 얼굴이 되는 정상윤. 하긴, 자기 책을 아는 사람이 있으니 당당해질 수밖에.

"그 저자의 입장에서 그 책을 소개해 주신다면?"

"실전적인 서바이벌을 설명한 책입니다. 단순한 말뿐이 아닌, 실전에서 생존을 도모할 수 있는 방법을 설명한 것입니다."

"그렇습니다. 저자의 설명처럼 그 책은 일반인도 생존에 도움을 받을 수 있는 실전적인 정보들이 가득합니다."

그 말을 듣고 흐뭇한 표정을 짓는 정상윤. 그러나 그게 그가 함정에 빠지는 이유가 되었다.

"그렇다면 피고가 그 책을 봤다면 생존에 도움이 많이 되었겠네요?"

"어?"

순간 당황하는 정상윤.

"'어?'라니요? 네, 아니요로 대답해 주십시오. 만일 피고가 그 책을 봤다면 생존에 도움이 됩니까, 안 됩니까?"

그 말에 정상윤은 당혹스러운 눈빛으로 자신을 불러온 변호사를 바라보았다. 예상치 못한 공격이다. 도움이 된다고 하면 노형진을 위한 증언이 되어 버리는 셈이고, 아니라고 해 버리면 자기가 쓴 책을 자기가 쓰레기라고 인정하는 꼴이다.

"제1장, 잘 곳 구하기. 제2장, 안전한 물 구하기. 제3장, 식량 구하기……."

목차까지 읊어 대는 노형진의 말에 정상윤은 당황했다. 누가 봐도 노형진은 그걸 봤다는 뜻이기 때문이다.

"이게 증인이 쓴 책의 목차 맞지요?"

"마, 맞습니다."

"그럼 전 그걸 본 게 맞구요."

"그렇습니다."

"그럼 그 책에 있는 내용을 가지고 과연 생존이 가능하느냐는 건데, 증인의 의견은 어떻습니까?"

정상윤은 남상주를 봤다. 그는 부정하라고 눈짓하고 있었지만.

'내가 미쳤냐.'

이걸 부정하면 당장 잘나가는 책이 안 팔릴 게 뻔하다. 아니, 오히려 환불 요청이 들어올 게 뻔하다. 여기서 증언하고가 봐야 얻는 것은 차비로 몇만 원에 남상주가 주는 사례금 몇십만 원 수준. 그런데 부정하면 당장 책값으로 1천만 원을 넘게 손해를 봐야 한다. 환불 요청까지 생각하면 적자를 볼 수도 있다. 당연히 출판사에서는 그를 대상으로 손해배상 청구를 할 것이다.

"충분히 생존 가능합니다."

정상윤의 말에 똥 씹은 얼굴이 되는 남상주 변호사와 속으로 환호를 지르는 노형진.

"하지만 불을 피우는 건 쉬운 일이 아닙니다."

자신을 불러온 남상주의 눈치를 보면서 슬쩍 말을 던지는 정윤상. 아무래도 그냥 나가기에는 찜찜했기 때문이다. 자신을 불러온 건 남상주 변호사니까.

"확실히 돌이나 나무를 마찰시켜서 불을 피우는 건 힘들겠지요."

"그럼요."

"근데 라이터로 불을 피우는 것도 힘든가요?"

"네? 중학생이 라이터를 가지고 있을 리가……. 그건 준비했다는 뜻인데……."

"중학생의 흡연률은 알고 있습니까?"

"……."

알지는 못한다. 하지만 생각보다 높다는 일반적인 사실은 알고 있었다.

"증인이 봤을 때 피고는 담배를 피우지 않는다고 확신할 수 있습니까?"

"그건……."

담배를 피운다면 당연히 라이터가 있을 것이다. 안 피운다고 확신한다는 것은 잘 모르는 사람에 대해서 선입견을 가지고 증언한다는 것이니 배제 요청의 대상이 될 수 있다. 결국 선택은 하나뿐이다.

"모르겠습니다."

"그럼 피고가 그 당시 라이터를 가지고 있었는지 아닌지 알 방법은 없다는 거네요?"

"네."

"그리고 저런 책을 좋아하는 중학생이라면 충분히 생존 가능하다는 거고 말입니다."

"그렇지요."

"이상입니다."

노형진은 마지막 질문을 마치고 자리로 돌아갔다. 그리고 남상주는 멍하니 그를 바라볼 수밖에 없었다.

⚖

"자네, 중 3 맞나?"

"나이는 맞습니다만 학년은 틀립니다. 검정고시를 봤거든요."

"법학을 전공하고 싶다고 학원에 간 건 나도 들었네만 상상 이상이군. 자네가 진짜 변호사였다면 어떻게 해서든 끌어오고 싶어."

"감사합니다."

"이렇게 만난 게 참 슬프군."

재판이 끝나고 노형진을 만난 남상주는 아쉬운 얼굴이 되었다.

"뭐, 미래는 알 수 없으니까요."

"그래, 기대해 봄세. 하지만 다음에는 안 봐줄 거야. 싸움은 싸움이니까."

"저도 안 봐 드릴 겁니다."

"허허, 참 당돌하군. 그래, 다음 싸움을 기대하지."

"다음 싸움이 있다면 말이지요."

노형진은 알 수 없는 미소로 그의 말에 대답했다.

장외 싸움

　사람들이 착각하는 것 중 하나가 재판과 관련된 싸움은 재판정 내부에서만 벌어지리라 생각하는 것이다. 하지만 실상은 바깥에서 더 많은 싸움이 벌어진다. 서류의 정리부터 우호적인 증인의 확보까지, 모든 것이 재판과 연결되는 것이다. 엄밀하게 말하면 싸움은 바깥에서 이루어지고 결판만 재판정에서 이루어지는 것이다.

　"그런 식으로 나온다면 나도 방법이 없지."

　한 명이 죽었지만 그다지 신경 쓰지 않았다. 자신을 죽이려고 했던 놈이 죽었다고 죄책감에 몸부림치기에는 노형진이 더러운 것을 너무 많이 봤기 때문이다.

"모른 척해 주려고 했는데 말이야."

어차피 그 녀석들의 인생은 박살 났기 때문에 모른 척해 주려고 했다. 애초에 자신을 죽이려고 음모를 짰던 놈들이니 엄밀하게 말하면 납치와 살인 미수로 처벌받아야 하지만 막대한 로비와 돈 때문에 그들은 살인 미수가 아닌 납치와 상해 미수로 처벌받게 되었다.

물론 그 처벌은 약하기 때문에 금방 나올 테지만 이제는 볼일이 없다고 생각해서 그저 무시하려고 했는데 싸움까지 걸어오니 피할 수는 없는 노릇.

"일단 싸우러 갈까?"

노형진은 가벼운 발걸음으로 어디론가 향했다. 그곳은 제법 호화로운 건물이었다.

딩동.

"누구세요."

"실례합니다. 오늘 약속하고 왔는데요. 노형진이라고 합니다."

벨을 누르자 들리는 여자의 목소리.

"잠시만요."

약간은 당황한 듯한 목소리가 들리더니만 문이 열렸다. 노형진은 그 안으로 들어갔다.

"호화롭네."

돈이 있으니 인생을 개판으로 산 건지, 집은 이루 말할 수 없이 호화로웠다.

"뻔뻔한 얼굴로 잘도 오는군."

한 여자와 한 남자가 그런 노형진을 증오스러운 눈빛으로 바라보았다. 강형문이라는, 이번 사건으로 죽은 사람의 부모였다.

"합의를 애원하러 온 거냐?"

"합의 같은 소리 하고 있네. 절대 합의는 없어! 내 아들을 죽여 놓고!"

남자는 차가웠고 여자는 분노했다. 당연하다. 그들은 노형진이 자기 아들을 죽였다고 생각하기 때문이다.

"합의하러 온 거 아닌데요?"

"뭐라고?"

"그럼 우리를 놀리기라도 하겠다는 기냐!"

"애초에 할 말이 있다고 했지, 합의하겠다는 말은 한 적 없습니다만."

"뭐라고! 이익! 너 이 새끼, 진짜!"

남자가 분노해서 자신도 모르게 골프채를 잡고 휘두르려 했다. 노형진은 그런 그를 말 한마디로 멈췄다.

"진짜 살인범을 잡고 싶지 않으십니까?"

그 말에 아버지인 강성찬은 그대로 멈췄다.

"네놈이 죽이지 않았느냐! 네놈이 내 아들을 그렇게 얼어 죽게 만들지 않았느냔 말이다!"

"그렇게 말하던가요, 경찰이? 물론 제가 다리를 부러뜨린 건 압니다. 그래서요? 전 살기 위해서 저항한 겁니다. 절 납치한 게 아드님이라는 사실을 잊어버리신 건가요?"

"이이익!"

맞는 말이다. 설마 아들이 아무리 개판으로 살았다고 하더라도 그런 강력 범죄를 저지를 거라 생각하진 않았는데, 아무리 좋게 봐줘도 납치는 부정할 수가 없었다.

"그리고 말입니다, 제가 다리는 부러뜨렸을지언정 죽이지는 않았습니다."

"그게 무슨 궤변이란 말이냐!"

"다리를 부러뜨렸습니다. 인정하지요. 그런데 정말 다리만 부러뜨렸습니다."

"무슨 말을 하고 싶은 게냐!"

"죽인 건 제가 아니라 같이 있던 놈들이라는 겁니다."

"헛소리!"

"그럼 아드님의 옷은 보셨습니까?"

"옷이라니?"

역시나였다.

그들이 아들을 확인하러 갔을 때는 차가운 부검대 위에 놓여 있었을 테니 옷은 없었을 테고, 그때는 두 놈이 옷을 갈아입은 후였을 것이다.

"경찰이 사실을 말해 주지 않은 모양이군요. 이걸 보시죠."

노형진은 경찰에서 받아 온 사진을 건넸다. 그걸 받아 든 두 사람의 눈이 격하게 떨렸다.

　"보다시피 아드님은 동사하기 직전에 폭행을 당한 흔적이 있습니다. 하지만 제가 말씀드렸다시피 전 다리만 부러뜨렸습니다. 얼굴이나 손에는 손도 안 댔죠."

　차가운 부검대 위에 놓여 있는 아들의 얼굴에서는 여기저기 상처와 멍이 보였다.

　"물론 동사한 것은 맞습니다. 하지만 동사할 수밖에 없었죠. 이걸 보십시오."

　노형진은 그들이 체포당했을 때의 사진을 꺼내서 보여 줬다. 그들은 범죄로 체포당한 것이기 때문에 그 즉시 사진이 찍혔던 것이다.

　그리고 그걸 본 두 사람의 눈이 크게 흔들렸다.

　"이, 이건⋯⋯."

　그 안에 있는 두 사람은 눈에 익은 옷을 입고 있었다. 여기저기 피가 묻어 있는, 눈에 익은 옷들.

　"저도 저 옷을 압니다. 아마 아드님이 자주 입고 다니던 옷이었던 것 같은데 아닌가요?"

　"⋯⋯."

　순간 혼란에 빠지는 두 사람. 아들이 얼어 죽었다는 사실만 알았지, 이런 사실까지는 몰랐던 것이다.

　"무슨 소리를 하는 게냐?"

"네, 아드님은 얼어 죽었습니다. 그건 부검의가 확인한 거니 부정할 수 없는 사실이죠."

"그런데?"

"근데 말이죠, 옷을 입고 있었다면 어쩌면 살아남았을 수 있었을지도 모릅니다. 그 증거로 두 사람은 옷을 입고 있으니 살아남았잖습니까?"

"그…… 그 말은 지금 두 놈이 내 아들을 죽이고 옷을 빼앗아 입었다는 소리냐?"

생각지도 못한 말에 격하게 떨리기 시작하는 남자의 목소리.

"아마도요."

"그, 그럴 리가 없다……."

"그럼 옷에 묻은 피는 어떻게 설명할까요? 전 분명히 다리를 부러뜨렸습니다만 이 부검 소견서를 보시면 알겠지만 다리에서의 출혈은 없었습니다. 즉, 저 피는 다른 곳에서 묻었다는 소리입니다."

"……."

"아마도 저쪽에서 여러분에게 같이 소송하자고 부추겼을 겁니다. 하지만 이런 사실은 알려 주지 않았겠지요. 안 그렇습니까?"

"……."

그랬다. 전혀 듣지 못했던 사실이다.

"따라서 살인자는 제가 아니라 저쪽입니다."

"그럴 리가…… 없다……, 그들은……."

"뭐라고 하던가요? 이길 수 있다? 아들에 대한 최소한의 복수를 해 줘야 한다? 웃기지 말라고 하세요. 그들은 그저 사건을 무마시키고 여러분의 신경을 돌릴 일이 필요했을 뿐입니다. 상식적으로 가해자가 피해자에게 손해배상을 청구하는 게 가당키나 한 말인가요?"

맞는 말이다. 그들은 이번 사건에서 이상하게 소송해야 한다면서 필사적으로 사망자의 부모들을 설득했다. 그래서 분노는 노형진에게 향했고, 그들은 소송에 매달리느라고 자신의 아들에 대한 문제는 잊어버릴 수 있었다.

"그럴 리가…… 그럴 리가……."

"한 번이라도 경찰에 가서 자세한 사망 사유에 대해 알아보셨습니까? 시체의 어디가 얼마만큼 손상됐는지 보셨나요?"

"……."

그저 사망자 본인 확인만 했다. 고통스러워서 그 이상은 할 수가 없었던 것이다.

"뭐, 가해자들의 부모들이 끗발 날리는 사람들이니 슬쩍 감추는 건 일도 아닐 테죠. 거기에 원수 하나 만들어 주면 아들들은 완벽하게 자유롭게 되는 거겠죠."

"……."

"뭐, 전 사실을 말했을 뿐입니다. 소송을 더 진행하시든 진실을 찾으시든 그건 두 분 마음입니다."

노형진은 자리에서 일어났다.

"서류는 두고 가죠. 보시면서 잘 생각해 보십시오."

그가 나갈 때까지 두 사람은 아무런 말도 하지 못했다.

'내분 유도야 기본 중 기본이지.'

다음 날, 두 사람에게서 연락이 왔다. 경찰서에 같이 가자는 것이다. 양 사건의 당사자 두 명이 가면 경찰은 자료 모두를 공개해야 하기 때문이다.

"가시죠."

굳은 얼굴을 보고 있는 노형진은 속으로 피식 웃었다. 죽은 아들을 들먹이는 건 나쁜 짓일지도 모르지만 재판에 그딴 게 무슨 소용이 있단 말인가?

"사건 기록 열람을 하러 왔습니다."

"네?"

"사건 기록을 열람하겠습니다."

그 말에 경찰은 약간 당황한 듯했지만 결국 고개를 끄덕였다.

그걸 본 노형진은 더욱 확신을 가질 수밖에 없었다. 사건 기록 열람은 기본적인 과정이다. 그런데 그걸 신청했는데 당황한다는 건 누군가 그들에게 따로 언질해 줬다는 뜻이다.

원래 형사사건은 원고는 원고의 관련 기록만, 피고는 피고의 관련 기록만 볼 수 있다. 그런데 양쪽이 다 오면 한꺼번에 다 볼 수 있는 것이다.

"여기 있습니다."

결국 그 당시 사진과 인터뷰, 증언 등 모든 기록을 보게 된 부모들은 점점 얼굴이 창백해졌다.

어느 쪽을 봐도 노형진이 다리를 부러트린 것 말고는 상해를 유발했다는 증거가 없었던 것이다. 다만 원인 불명의 폭행 흔적과 골절이 있었다고 되어 있었다.

"그 원인 불명의 상처는 왜 생긴 겁니까?"

"그건 아직 모르겠습니다, 수사를 하지 않아서."

"원인 불명의 상처가 이렇게 많은데 수사를 안 해요?"

"그거야…… 아무래도 그냥 동사한 사건이다 보니…….'

슬쩍 고개를 돌리는 수사관.

하기만 사망자의 부모는 확신했다, 애초에 이재명의 아버지가 지역 의회의 의장을 할 만큼 힘을 가지고 있으니 사건을 무마하는 것은 일도 아니라는 것을.

"그럼 정식으로 고소하면 수사를 시작합니까?"

"아무래도 그렇겠지요?"

아버지 되는 사람은 이를 빠드득 갈았다.

상대방이 자신에게 뭔가를 감추려고 했던 만큼 자신도 힘을 쓰려면 힘을 쓸 수 있는 자리에 있는 사람이다. 어찌 보면 그런 연유로 그렇게 사건을 무마하려고 했을지도 모른다.

"정식으로 고소하겠습니다."

"이런……."

남상주는 예상하지 못했던 사태에 당황했다. 애초에 이번
사건에서 제일 중요한 부분은 사망자의 발생에 노형진이 얼
마나 큰 잘못을 했느냐는 것이다. 그런데 두 번째 공판이 열
리기 직전, 사망자의 부모가 고소 취하서를 넣어 버린 것이
다. 남은 것은 결국 호신용 스프레이에 당한 두 사람뿐인데,
이 정도 가지고는 이기기는커녕 역습이나 안 당하면 다행이
었다. 그리고 아니나 다를까.

"그건?"

"오늘 접수할 소장입니다. 손해배상 청구 소송이죠."

노형진이 바보처럼 역습의 기회를 놓칠 리가 없었다.

"허허, 망했군."

제대로 하기도 전에 재판이 망해 버린 것이다.

"자네 짓인가?"

"무슨 말씀이신지?"

"이번 일 말일세."

소송을 취하했을 뿐만 아니라 도리어 살인죄로 두 사람을
고소한 피해자의 부모, 특히 강성찬은 인맥을 통해 사방에

경찰에 압력을 넣고 있었다.

"경찰이 양쪽에서 죽을 맛이라고 하더군."

"법이란 공평해야지요. 안 그렇습니까?"

당연한 말이지만 왠지 의미가 다르게 느껴지는 말이었다.

"이거 참, 탐나는 인재로군."

"칭찬 감사합니다."

"농담 아닐세. 변호사 자격증을 따거든 꼭 한 번 연락 주게나."

"필요하면 그러지요."

"하하."

남상주는 웃을 수밖에 없었다. 어차피 이 재판은 질 수밖에 없다. 가장 큰 피해자인 사망자의 가족이 고소를 취하했으니 애초에 정당방위인 최루가스 정도로는 손해배상을 받을 수 없을 테니 말이다.

"그나저나 어쩔 건가?"

"뭘 말입니까?"

"저쪽에 변호사가 필요하지 않느냐는 말일세."

즉, 강성찬이 고용할 변호사로 자기를 추천해 달라는 것이다. 이번 사건을 조종한 것이 노형진인 만큼 상당한 영향력을 가지고 있다는 뜻이니까. 어찌 보면 황당한 말이지만 그게 변호사의 세계다. 방금 전까지 싸운 사람을 위해 변호를 할 수 있는 것. 그게 변호사다.

"알겠습니다. 말은 해 보죠."

노형진 역시 그걸 알기에 뭐라고 할 수가 없었다.

⚖

"어디서 일어난 일인지 알아야 말이지."

노형진은 산속을 헤매고 있었다. 일단 자신에게 헛짓거리를 한 놈들을 그냥 두고 싶지는 않았기 때문에 증거를 찾기 위해서 산으로 온 것이다. 물론 경찰에 고발했지만 경찰이 여기까지 와서 증거를 찾아 헤맨다는 건 영화에서나 나올 게 뻔한 일이기 때문에 기대도 안 했다.

"아, 멀미 나네."

닥치는 대로 영사, 즉 기억을 읽는 행위를 해서 그런지 속이 울렁거릴 지경이었다.

"징한 인간들 같으니라고."

사실 사람이 거의 안 오는 지역인지라 얼마 걸리지 않을 거라 생각했다. 그런데 여기저기 흔적들을 보다 보니 생각보다 사람이 많이 온 곳이었다. 특히 눈에 불을 켜고 헛짓거리하러 오는 방탕한 청춘들이 많았다.

"내가 수사를 하는 거야, 야동을 보는 거야?"

차를 끌고 와서 헛짓거리 하는 인간들을 보고 고개를 흔든 노형진은 다시 몸을 돌려서 산속으로 향했다. 놈들이 있을 만한 곳을 찾아서 영사해야 하다 보니 상당한 곳을 찾아다녀야 했다. 문제는 점점 그 반경이 작아지고 있다는 것이다. 아무래도 점점 힘이 빠지니 움직이는 반경이 좁아진 탓이다.

"여기인가?"

그렇게 기억을 더듬고 더듬어서 도착한 곳은 허름한 동굴이었다. 아니, 동굴이라기보다는 토굴에 가까웠다. 비나 바람은 피할 수 있을지 몰라도 추운 날씨까지는 피할 수 없는 곳.

"아니기만 해 봐라."

눈을 지그시 감고 토굴 벽에 손을 대는 노형진. 그 순간 엄청난 공포와 두려움이 그에게 파고들었다.

"어, 얼어 죽겠어, 씨발!"

"이게 무슨 일이야, 노리어 띵하더니!"

지금 이 순간 노형진은 자신이 아닌 다른 누군가였다. 다리 쪽이 아프다고 생각하는 걸 보니 자신이 다리를 부러트린 녀석의 기억인 모양이었다.

"으으으."

토굴을 배경으로 눈앞에 보이는 두 명의 얼굴. 그들은 스프레이를 뒤집어쓴 두 사람이 분명했다.

'이거 진짜 어색하네.'

완전히 타인이 된 듯한 이런 느낌은 처음이었기 때문에 노형진은 주변을 둘러보려고 했지만 그 기억에 있는 것 외의 사실을 읽어 내는 건 불가능했다.

"쫓아갈까?"

한 녀석의 말. 그러나 다른 녀석이 고개를 흔들었다.

"이런 병신을 끌고 어떻게 쫓아가? 그리고 가서? 저 새끼가 미친 척하고 차로 밀어 버리면 어쩌려고?"

그 말에 노형진은 비웃음이 나왔다.

'누굴 자기들 같은 사이코인 줄 아나?'

비웃음이 나왔지만 이들은 진심으로 두려워하고 있었다. 하긴, 자기네들이 하려고 했던 짓이 무슨 짓인지 모르진 않으니까.

"으으으, 추워."

발을 동동 구르면서 움직이는 눈앞의 두 사람.

"젠장, 얼어 죽겠다!"

이재명이 이를 빠드득 가는 게 보인다.

"도대체 여기가 어디야?"

주변을 둘러보지만 보이는 건 산뿐이다. 정작 자신들이 길을 잃어버린 것이다.

"추워…… 추워 죽겠어."

노형진은 자신이 기억을 읽어 내는 남자의 깊은 두려움과 공포를 느낄 수 있었다.

"좀 닥쳐! 우리도 뒈지게 추워!"

"너희들은 움직이기라도 하지……."

두 사람은 일이 잘못된 것이 마치 쓰러진 남자 때문인 것
처럼 마구 뭐라고 하기 시작했다.

"으으으."

"젠장, 젠장!"

이재명은 부들부들 떨면서 손에 입김을 불었다. 영하 15도
의 밤을 얇은 잠바 하나로 버티는 것은 너무 힘들었던 모양
이다.

"이러다가 죽는 거 아냐?"

"아냐, 죽을 수 없어. 살아 돌아가서 그 새끼를 조져야 해."

이를 악물고 버티려는 세 사람. 그러나 그게 쉬울 리가 없
었다. 점점 추워지더니 새벽이 되자 영하 20도까지 떨어졌던
것이다.

'온도를 못 느껴서 다행이네.'

쓰러진 남자의 기억을 읽고 있지만 그 추위를 느끼고 싶지
는 않았기 때문이다. 다행스럽게도 그가 읽을 수 있는 건 생
각이나 감정뿐이지, 고통이나 추위 같은 것은 아니었다.

"으으……."

"으으으……."

기억을 읽는 대상인 녀석은 다른 녀석보다 상황이 안 좋았
다. 다른 두 놈은 호신용 스프레이를 맞아서 아픈 곳은 없었
지만 그는 다리가 부러진 바람에 저 녀석들처럼 움직여서 체
열을 높일 수도 없었던 것이다. 그 때문에 노형진은 기억을

읽는 내내 그의 공포와 두려움을 느낄 수 있었다.

"추, 추워."

"닥쳐, 이 씨발아!"

"추워……. 도와줘…… 제발……."

기억이 드문드문 끊어지기 시작했다. 추위 때문에 잠들었다가 깨기를 반복하고 있었기 때문이다. 그래도 어디서 주워들은 게 있어서 지금 잠들면 죽는다는 건 안 모양이었다.

"닥치라고!"

부들부들 떨면서 도움을 요청하는 남자를 발로 차는 이재명.

'기가 막히는군.'

친구라며 낄낄거리던 녀석들이 상황이 돌변하자 완전히 안면을 몰수하고 있었다. 노형진은 고작 이런 녀석들이 자신을 괴롭혔다는 사실에 기가 막혔다.

"개 같은 자식! 이런 약해 빠진 자식을 친구라고!"

'버텨야 하는데……. 안 돼…… 잠들면…….'

기억 속에서 그 녀석은 어떻게 해서든 살아남기 위해서 발악하고 있었다. 그러나 점점 가물가물해지는 기억.

'어?'

그렇게 발악하면서 버티려고 하던 남자의 생각과 감정이 갑자기 바뀌었다. 아까는 막연한 두려움과 공포였다면 지금은 좀 더 구체적인 두려움과 공포.

'왜?'

노형진은 의아해다가 쓰러진 남자를 바라보는 이재명을 발견했다. 그의 눈빛은 뭔가를 노리는 뱀처럼 탐욕으로 가득했고 또 차가웠다.

'그걸 느낀 거냐?'

깜빡깜빡한 상황에서도 그는 친구의 시선이 바뀐 걸 알아챈 것이다.

"야."

이재명이 문득 무슨 생각을 했는지 서 있는 다른 녀석의 발을 툭 찼다.

"왜?"

이재명은 대답하는 대신에 노형진, 아니 기억 속의 남자를 가리켰다. 그러자 그 녀석도 대번에 눈치챘듯 눈빛이 바뀌었다.

"하지만……."

"셋 다 얼어 죽을 거야?"

"그럴 수는 없지."

"하자."

"그래."

비밀이고 뭐고 없었다. 바로 자신이 보이는 곳에서 이야기를 끝낸 두 사람은 쓰러진 사람을 돌아보았다. 그러자 노형진은 서늘한 두려움과 공포를 느낄 수 있었다. 쓰러진 남자역시 그걸 느낀 건지 애써 말을 꺼냈다.

"뭐야……. 왜 그래……."

"우리 모두 얼어 죽을 수는 없잖아?"

"자, 잠깐! 뭔 짓을 하려는 거야!"

예상하고 있었지만 설마 하던 남자는 비통한 비명을 질렀고 그 두려움은 극한까지 치밀어 올랐다.

"그냥 한 명만 죽는 걸로 퉁 치자고."

"야! 나, 다리 다쳤다고! 너희들처럼 움직이지도 못해! 옷을 빼앗으면 난 얼어 죽어!"

"어차피 뒈질 거 옷이나 내놔, 이 개새끼야!"

"안 돼!"

두 손이 어지럽게 눈앞을 가리기 시작했다. 남자가 살아남기 위해서 저항한 것이다.

"뒈져! 뒈져, 이 씨발 새끼야!"

기억 속에서 이재명은 날카로운 짱돌을 집어 들더니 그대로 그걸 휘둘렀다.

퍽!

뭔가 깨지는 소리와 함께 끊어지는 기억. 노형진은 거기까지만 보고 영사를 멈췄다.

"이런 미친놈들."

살려 달라는 사람을 두들겨 패서 기절시키고 옷을 빼앗을 줄이야. 사흘이면 부축해서 걸어도 전화가 되는 지점까지 갈 수 있었을 것이다. 그런데 그들은 함께 사는 대신에 누군가를 죽이기로 한 것이다.

"일단…… 현장은 찾은 건가?"

노형진은 주변을 살폈다. 사방에 퍼져 있는 피. 희생자뿐만 아니라 가해자의 피도 섞여 있었다. 그만큼 그는 필사적일 수밖에 없었으리라.

"뭐, 이제는 어쩔 수 없지."

노형진은 기다란 실몽당이를 꺼냈다. 노란색의 실이었다. 그는 그곳에 실 한쪽을 묶어 두고 천천히 풀면서 나오기 시작했다. 일단 살인의 현장을 찾았으니 알려 줘야 하기 때문이다.

⚖

"아이고!"

강형문의 사망 현장에서 그의 어머니는 대성통곡을 했고 아버지인 강성찬은 이를 뿌드득 갈았다.

"개새끼들."

수사가 시작되자 그들의 변명은 간단했다. 강형문은 사고로 다쳤고 자신들은 살기 위해서 죽은 강형문의 옷을 벗겨 입었다는 것이다. 하지만 살인의 현장에서는 다른 이야기가 나왔다. 여기저기 있는 싸움의 흔적. 격한 싸움 끝에 사방에 뿌려진 강형문과 다른 두 사람의 피.

"크흠."

애써 이재명의 편을 들어 주던 수사 팀은 너무나 명확한 증거 때문에 뭐라고 할 수가 없었다.

"심하군."

강형문 집안의 고소를 담당하게 된 남상주는 얼굴을 찌푸렸다. 사방에 퍼진 피가 그때의 절박함을 알려 주는 듯했다.

"어떻게 찾은 건가?"

"그 당시 저도 여기 버려진 상태였잖습니까? 그래서 '나라면 어디로 갈까?' 하고 생각했죠."

"그렇군."

더 이상 묻진 않았다. 사실 어떻게 찾았느냐가 아니라 찾았다는 게 중요하다. 게다가 현장에서는 피뿐만 아니라 강형문을 쓰러트릴 때 쓴 돌에서 피와 더불어 이재명의 지문까지 나왔다.

"인간이라는 게……."

"원래 그래요."

절망하는 부모들을 보면서 작게 중얼거리는 노형진이었다.

"이제 어쩌실 겁니까?"

"소송을 진행해야지. 증거도 있고 살인 현장도 찾았으니."

"뭐, 알아서 잘하시겠지요."

"걱정 말게. 내가 누군가?"

"그래서 더 걱정입니다."

"거참, 말 한번 잘하는구만."

"변호사를 지망하는 놈이니 말은 잘해야지요. 말발이 절반 아닙니까?"

"맞는 말이기는 하군."

그러면서 다시 현장으로 고개를 돌리는 그였다.

⚖

그 후 노형진은 다시 원래의 삶으로 돌아올 수 있었다. 언제나처럼 시험 준비를 하고 언제나처럼 공부했다. 중간 테스트에서 압도적인 1등으로 자신의 존재를 알렸고 학원의 선생들은 진짜로 최연소 사법시험 합격자가 나올지도 모른다면서 잔뜩 기대하고 있었다. 노형진의 입장에서도 더 이상 사건에 휘말려서 시간을 빼앗기고 싶지 않았기 때문에 외부로 나가는 것을 최대한 자제하면서 책만 파고들었다. 하지만 그가 나가지 않자 사건이 그를 찾아오고 싶었던 모양이다.

"여기까지 어쩐 일이십니까?"

기숙 학원까지 남상주가 찾아오자 노형진은 깜짝 놀랐다. 솔직히 자신이 사법시험에 합격하기 전에 다시 보게 될 줄은 생각하지 못했던 것이다.

"도움을 청하러 왔네."

"도움요?"

"그래, 강형문 사건 때문에."

"전 그쪽하고 이제 관련되고 싶지 않은데요?"

"나도 알고 있네. 하지만 오죽 답답하면 자네를 다 찾아오 겠는가?"

"끄응."

노형진은 고개를 흔들었다. 보아하니 제대로 막힌 것 같은 얼굴이었다.

"전 관련되고 싶지 않은데……. 법대생도 아니고 그냥 법 률 관련 학원에 다닐 뿐이거든요?"

"하아, 나도 아네. 하지만 자네의 능력은 그 정도가 아니 잖나? 나도 사람 볼 줄 안다고 자부하는 사람이야."

"끄응, 그래서 뭐가 필요한 겁니까?"

보아하니 도와줄 때까지 계속 찾아올 것 같아 결국 노형진 은 두 손을 들고 도와준다고 할 수밖에 없었다.

"피해자 측 변호사이니 사건에 대한 참여 문제는 아닐 테고."

원래 우리나라에서 형사사건은 검사가 담당한다. 피해자 측이 관련되는 것을 막아 놓은 것이다. 그러다 보니 가해자 가 검사에게만 잘 보이려고 하고 피해자는 무시하는 경향이 강하지만 검사들이 권력을 놓으려고 하지 않아서 문제가 많 은 상황이었다.

"저쪽에서 긴급피난을 들고 나왔어."

"긴급피난?"

"그래, 자네도 그게 뭔지는 알 테니 말하지 않겠네. 문제는 재판부가 그걸 받아들일 가능성이 높다는 거야. 긴급피난이 성립되면 그냥 풀려나겠지."

긴급피난이란 말 그대로 긴급한 상황에서 대피하거나 문제를 해결하는 도중에 벌어진 일에 대해서는 처벌하지 않는다는 것이다. 예를 들어서 배가 침몰해서 사람들이 구조용 보트에 탔는데 보트가 10인용이라 한 명이라도 더 타면 가라앉게 되는 경우, 누군가 타려고 하면 먼저 타고 있던 열 명이 그걸 방해할 수 있다. 그렇게 되면 결국 그 사람은 죽는다. 하지만 그 열 명은 긴급피난 상황에 해당되어 처벌받지 않는다는 것이다.

"저쪽은 동사 직전의 상황이니 긴급피난이라고 주장하고 있네. 문제는 동사 직전의 상황이 맞는 데다가 도움을 요청할 수 있는 상황이 아니었던지라 긴급피난이 성립될 가능성이 높다는 거지."

"결과적으로 살인은 성립되지 않겠군요."

"그렇겠지."

"흠."

그건 곤란하다. 이재명은 분명 자신에게 상당한 원한을 가지고 있을 것이다. 당연하게도 나오면 해코지하려고 할 게 뻔하다. 문제는 살인이 아니라 납치와 상해 미수일 경우 길어 봐야 1년이라는 것이다.

'최소한 내가 여기를 그만둘 때까지는 있어야 하는데.'

여기를 그만두면 자신을 추적하는 건 쉬운 일이 아닐 것이다. 하지만 그 전에 나오게 되면 자신을 추적해서 괴롭힐 것이 뻔하다.

'하는 수 없나.'

자신이 편하기 위해서라도 결국은 나설 수밖에 없다는 사실에 노형진은 어쩔 수 없다는 듯 어깨를 으쓱했다.

"일단 도와 드릴게요."

"고맙네. 자네의 머리라면 충분히 도움이 될 거야."

⚖️

"이거, 이거……."

남상주가 왜 곤혹스러워했는지 알 것 같았다.

"박&선이라니."

"그만큼 다급했다는 거지."

박&선은 명실상부하게 우리나라 최고의 변호사 사무실이다. 비싸기도 비싸거니와 정부와 결탁하는 것을 잘해서 정부의 큰 건은 싹쓸이한다고 할 정도로 인맥이 두터웠다.

"그쪽도 가만히 있는 건 아니네요."

"엄청나게 준비했으니까. 아무래도 나 혼자서는 한계가 있더군."

이것이 법이다

아직은 혼자 활동하고 있는 남상주로서는 떼거리로 엄청난 물량과 정보력을 가지고 몰아붙이는 박&선을 이길 방법이 마땅치 않았다.

"이대로라면 분명 긴급피난이 성립될 걸세."

"그렇겠네요."

박&선의 답변서는 엄청나게 정밀하고 대단해서 그날의 날씨와 기온, 강수량, 일몰 시간과 일출 시간, 그 온도에서의 생존 가능성까지 모든 것을 완벽하게 설명하고 있었다.

"역시 돈이 좋기는 좋구나."

"웃을 일이 아니라네. 내가 오죽하면 자네를 찾아갔겠는가?"

사실 남상주의 입장에서 보면 노형진은 진짜 애송이다. 아니, 애송이도 못 된다. 하지만 한번 재판정에서 싸워 보고 난 후 그가 크게 될 거라는 것을 믿어 의심치 않았던 것이다. 그래서 그는 혹시나 하는 마음에 찾아간 것이다.

"뭐, 방법이 없는 건 아니네요."

하루 종일에 걸쳐서 그걸 살펴본 노형진은 마지막 서류를 탁 덮으면서 말했다.

"방법이 있어?"

"네."

"어떻게?"

"그냥 말해 주면 섭섭하죠. 알려 드릴 테니 그 대신 저 좀 그만 괴롭히세요."

"괴롭히다니?"

"사법시험 좀 한 번에 붙고 싶거든요?"

"사법시험을 한 번에?"

물론 그런 사람이 없는 건 아니다. 하지만 진짜 천재만 가능하다.

'아니야…… 이 녀석이라면…….'

하지만 생각해 보면 노형진은 남상주가 보기에도 엄청나게 똑똑하고 법률적인 천재였다. 그라면 어쩌면 최연소 기록을 갈아 치우면서 한 번에 합격할지도 모른다.

'그래, 당분간은…….'

나중에 로펌을 꾸릴 생각을 하는 그는 더 이상 노형진을 괴롭히지 않기로 했다. 나중에 데리고 오려면 척을 져 봐야 좋을 게 없으니 말이다.

"알았네. 약속하지."

"약속하신 겁니다."

"맹세하지."

"방법이 뭐냐 하면 말이지요."

귓가에 대고 뭐라고 중얼거리는 노형진이었다. 그리고 그걸 들은 남상주는 묘한 표정이 되었다.

"고작 그걸로?"

"고작이 아닙니다. 기본 아닙니까? 기본에서 법률적인 괴리가 드러나면 증거고 나발이고 의미가 없잖아요?"

"그건 그런데……."

"만일 남 변호사님의 입장에서 상대방이 이 증거를 들고 나오면 뭐라고 할 건데요?"

"그거야……."

할 말이 없었다. 노형진의 말마따나 기본에서 법률적 방어가 깨져 버리니 말이다.

"확실히 할 말이 없네."

"그렇죠?"

"허허, 참…… 진짜 자네는 대단한 사람이야."

"별말씀을. 전 이만 공부하러 갑니다."

노형진이 나가고 난 후 남상주는 잽싸게 전화기를 들었다.

"남상주 변호사입니다. 방법이 생겼습니다."

⚖

이재명의 살인 사건 공판 날 박&선에서 온 변호사는 온갖 과학적 통계와 기록, 연구 결과, 사실 등을 통하여 긴급피난을 주장했다. 심지어 판사조차 그에 대해 할 말이 없을 정도였다.

"남 변호사, 더 이상 할 말 없으면 이쯤에서 그만하지요."

남상주는 아무런 말도 하지 않았고 판사는 그쪽에서 재판을 포기한 걸로 보고 판결을 내리려고 했다. 하지만 그는 포기한 게 아니었다.

'기본이니까.'

주춧돌을 빼 버리면 탑은 무너진다. 그러니 그 돌만 찾으면 되는 것이다.

"재판장님, 여기 새로운 증거가 있습니다. 명백하게 이재명이 고의로 살인했다는 증거입니다."

"증거? 누가 보기라도 했다는 겁니까?"

"아닙니다."

"아무도 본 사람이 없고 아무런 흔적도 없는데 어떻게 살인의 고의가 있단 말입니까?"

"증거를 받아 보시면 압니다."

증거랍시고 건네는 것은 고작 한 장의 종이와 한 장의 사진이었다.

"이건 뭡니까?"

"납치 사건과 관련해서 체포 당시 이재명과 그 일당이 소지하고 있던 물품입니다. 경찰의 업무 처리 지침에 의거하여 소지품은 모두 압수당하여 경찰이 기록을 관리하였습니다. 즉, 그 당시 가지고 있던 물건입니다."

"물건이라고 해도 흉기가 사용된 것은 아닙니다만?"

무심결에 그걸 이리저리 살피는 판사였다.

"그렇습니다. 하지만 긴급피난이 아니라는 증거가 그 안에 있습니다."

"긴급피난이 아니라는 증거?"

"관리 번호 4번 물품을 보십시오."

"4번이면…… 라이터?"

그걸 보고 순간 멍해진 판사. 그리고 그게 왜 확실한 증거가 되는지 알 수 있었다.

"가해자 측 변호인들은 지금까지 긴급피난에 의한 어쩔 수 없는 살인이라고 주장했습니다. 영하의 날씨로 떨어진 상황에서 살기 위해서 어쩔 수 없었다고 말입니다. 하지만 보다시피 가해자들에게는 라이터가 있었습니다. 최근 가물었던 상황과 주변의 숲이 말라 있었다는 점을 생각하면 라이터로 불을 붙이는 것은 어렵지 않았을 것입니다."

"그……."

그 말에 증거를 받아 든 박&선 소속의 변호사는 말을 못 하고 꿀 먹은 벙어리가 되었다.

"영하의 날씨가 생명을 위협했다지만 정작 그들은 라이터가 있었고, 어렵지 않게 라이터로 불을 붙일 수 있었습니다."

기본이라는 것. 그건 바로 사소한 것이다. 흔하게 들고 다니지만 아무도 신경 쓰지 않는 물건. 심지어 아직도 경찰서에서 보관 중인 가해자의 소지품, 그 안에 있는 라이터. 라이터가 있으면 불을 피우는 건 쉬운 일이고, 불을 피웠으면 얼어 죽었을 리가 없다. 즉, 긴급피난이 성립되지 않는다는 것이다. 이것이 바로 변론의 기본이다.

"피고 측 변호인, 할 말 있습니까?"

하지만 변호사는 할 말이 없었다. 죽어라 긴급피난을 주장했고 그걸 위해서 과학기술이 어떻고 실질적 생존률이 어떻다고 한참 떠들었지만 라이터 하나에 다 무너진 것이다.

"끝난 것 같군요. 이틀 뒤에 결심(형을 선고하겠다는 뜻의 법률 용어)하겠습니다."

그렇게 그 재판은 터무니없는 물건 하나로 끝나 버렸다.

이것이 법이다

작은 아가씨들?

"머리가 나쁘면 몸이 고생한다더니만 딱 그 짝이네."

노형진은 이새닝의 사선 설과를 듣고는 씨식 웃었나. 라이터가 있으면서도 머리가 나빠서 생각을 못 하고 친구를 죽여서 옷을 빼앗아 입은 이재명은 살인죄가 성립되어 12년 형에 처해졌다. 살인만 12년 형이고, 거기에 자신에 대한 납치 및 상해 미수로 1년 형이 더해졌으니 총 13년을 감옥에서 보내야 할 것이다.

"뭐, 12년이면 잘 나왔네."

대한민국에서 사람을 죽여도 12년씩 나오는 건 드물다. 여중생을 납치해서 성폭행하고 성매매를 시키고 심지어 뜨거운 물을 들이부으면서 고문하고 죽인 작자도 고작 9년이 나왔다. 뜨거운 물을 부어서 자기 제자를 죽인 선생에게는 2년이 나왔다.

"그나저나 진짜 심심하다."

변호사들의 삶을 표현하자면 쉽게 말하면 투쟁의 삶이라 볼 수 있다. 물론 쉽게 하려면 쉽게 할 수도 있지만 실제로 제대로 싸움을 하려면 진짜 치열하게 할 수밖에 없다. 다른 변호사들과 다르게 인맥에 기대 좋은 게 좋은 거라는 식의 삶이 아닌, 한 명 한 명을 위해서 최선을 다했던 노형진에게 있어서 지금의 평화는 어색하기 그지없었다.

"공부만 하는 게 이렇게 힘든 일이었나?"

학교에 다닐 때는 굵직한 사건과 연관되었기 때문에 그다지 심심한 걸 몰랐는데 이재명 사건이 끝나고 난 후 공부에 집중하기 위해서 최대한 연관되는 것을 피하다 보니 이루 말할 수 없이 조용하다고 할 정도였다.

"독학사 1차는 붙었고……."

겨울이 지나고 봄이 되자 슬슬 세상이 바뀌기 시작했다. 독학사란 독학에 의한 학위 취득에 관한 법률에 따른 학위 취득자를 뜻한다. 독학사가 정식으로 학위를 받기 위해서는 1차부터 4차까지 네 번에 걸쳐서 시험을 봐야 하는데 1년에 한 번씩 시험이 있기 때문에 1년 내내 시험을 준비해야 한다. 벌써 1차가 끝났고 탈락한 수많은 사람들이 포기하고 나갔기 때문에 학원은 상당히 공허한 느낌이었다.

"뭐, 조만간 다시 사람들이 들어오겠지만."

1차에 붙은 사람은 계속 공부하고 떨어진 사람은 나가는 것이다. 난이도가 어려운 건 아니지만 1차에서부터 붙지 못하고 허송세월한 사람들이나 부모님의 압력으로 마지못해서 오거나 한 사람들은 떨어질 수밖에 없다. 그 결과, 20% 이상의 사람이 빠져나갔다. 그 바람에 기숙 학원은 더 조용해졌다.

"남은 건 5월, 8월, 11월인데."

남은 세 번만 붙으면 자신은 정식으로 학위 취득자가 되며 사법시험 자격을 얻게 된다.

"아, 그런데 지겨워."

다 좋은데 생각지도 못한 이 지루함은 뭐라고 할 수가 없었다. 학원 수업도 이제는 다 아는 수준이고 더 이상 들을 것도 없다. 애초에 들어온 것도 부모님의 주장 때문이었지, 자신이 원한 건 아니었으니까.

"삶이 짜릿해질 만한 거 없나?"

일종의 일중독인지도 모른다. 어찌 되었든 이렇게 평안하고 조용한 삶을 겪어 본 지 너무 오래된 노형진은 너무 지루하고 심심했다.

"뭐 해?"

"그냥 지루해서요."

"세상에, 1등의 위엄이니?"

"누나, 그건 아니구요."

효린도 1차에 합격해서 남아 있었다. 다만 노형진과 다른 건 노형진은 당장 4차까지 봐도 합격할 수준이지만 그녀는 남은 기간 동안 죽어라 파고들어야 한다는 것이다.

"좀…… 지루해요."

"여친이라도 만들지?"

"제 또래나 소개시켜 주고 말씀하시죠."

"쿡쿡."

맞는 말이다. 이 안에서 제일 어린 것이 바로 노형진이었다. 이제 열여섯 살. 중학교 3학년 나이. 그다음 세대는 효린 또래다. 고 3을 졸업하고 독학사를 따러 온 머리 좋은 아이들. 문제는 그 애들이 노형진을 남자로 볼 리도 없거니와 노형진은 연상은 그다지 안 좋아한다는 것이다.

'여자는 연하지.'

"그러면 바깥이라도 나가지그래?"

"바깥에 나가라구요?"

"그래, 가끔 머리를 식히는 것도 나쁘지 않잖아?"

"흠."

그러고 보니 바깥에 나간 게 언제인지도 기억이 나지 않는다. 트러블을 피하기 위해서 최대한 공부만 했으니 말이다.

'세 달이 넘었나?'

이재명 사건 이후로 최대한 나가지 않았으니 그 정도는 되었을 것이다.

"그래 볼까요?"

"가끔 머리도 식히고 그러는 거지, 뭐."

"하긴."

사람을 너무 몰아붙이면 탈진하기 마련이다. 그러니 가끔은 머리를 식히면서 멍하니 있는 것도 나쁘지 않다.

"아, 그러고 보니 봄이잖아. 시내에 나가면 할 일 많겠네."

"봄이라……."

노형진은 결국 봄의 정취를 만끽하기로 마음먹었다.

⚖️

"콜록콜록, 봄의 정취는 개뿔."

바깥으로 나온 노형진은 봄의 정취 따위는 전혀 상관없는 삶이라는 것을 잊고 있었음을 깨달았다.

"어디서 정취를 느끼라는 거야?"

사방에 가득한 매연과 가득한 사람들. 봄의 여유로움을 느끼기 위한 휴식처 따위는 없었다.

"자연으로 돌아가자? 더 이상 어떻게 돌아가라고."

봄이랍시고 자연으로 돌아가자는 플래카드가 휘날리고 있는데, 학원 근처는 대놓고 자연이라 더 돌아가면 석기시대인지라 절대 돌아가고 싶지 않았다.

"그래, 너희들은 자연으로 돌아가라. 난 문명을 즐기련다."

결국 마음을 바꿔 정취가 아니라 문명, 즉 전자 기기를 즐기기로 한 노형진. 그리고 그제야 그는 자신이 도시인이라는 사실을 알 수 있었다.

"우와! 이 형 봐!"

"짱이다!"

〈버추어캅〉이라는 사격 게임을 하는 동안 그의 주변으로 몰려드는 초딩들. 양손에 총을 들고 최고 기록을 세우고 있는 노형진을 마치 아이돌을 바라보듯이 바라보고 있었다.

"훗! 이 정도쯤이야."

피식 웃으면서 마지막 보스를 때려잡고 피날레를 울리는 노형진.

'내가 이 게임에다가 꼴아박은 게 얼만데.'

성인이 되고 난 후로는 이런 게임을 하지 않았다. 그런데 오랜만에 하니 이렇게 재미있을 수가. 미래에 비하면 진짜 그래픽도 후지고 반응 속력도 느려서 난이도도 쉬운데 말이다.

"장난 아니다!"

"최고다! 형!"

"훗!"

멋지게 폼을 잡으면서 게임기에서 내려오는 노형진.

"역시 난 도시인이었어."

고즈넉한 농촌의 삶 따위는 자신과 어울리지 않는다는 사실을 인정하면서 노형진은 오락실 바깥으로 나왔다.

"그나저나 어디로 가지?"

오락실에는 갔다 왔고 피시방에는 가면 왠지 오랜만에 나온 주말을 허송세월하는 듯한 느낌이 들 것 같았다.

"차나 한 잔 마실까?"

그때 노형진의 눈에 들어온 것은 커피숍이었다.

"커피라……."

그러고 보니 자신은 과거에 커피를 아예 입에 달고 살았다. 하루에 다섯 잔은 기본이고, 많으면 열 잔 이상 마셨다. 잠을 줄여야 했는 데다가 손님이 올 때마다 한 잔씩 마셨으니 말이다.

"먹어 본 지 오래됐네."

나중에는 에스프레소처럼 쓰디쓴 놈을 먹었지만 지금은 왠지 달달한 커피가 당겼다.

"한 잔 마실까?"

오랜만에 기대하는 눈빛으로 커피숍을 들어간 노형진. 그런데 들어간 커피숍은 그의 생각과 달랐다.

'얼레?'

서빙하는 사람들이 죄다 또래의 학생들이었기 때문이다.

"어서 오세요. 성문여중 일일 카페입니다."

'아, 이때쯤인가?'

어릴 적의 기억 중 하나가 갑자기 떠오르는 노형진이었다. 어느 순간 갑자기 일일 찻집, 또는 일일 카페라는 것이 유행했다. 학생들이 커피숍이나 찻집을 빌려서 직접 돈을 버는 행동 말이다.

'흠.'

노형진은 그곳에서 일하는 아이들의 눈을 바라봤다. 생글생글 웃는 그 모습을 보니 왠지 마음에 들었다.

'뭐, 나쁘지는 않겠지.'

음이 있으면 양이 있는 법. 학생들의 자립심과 모험심을 채워 주기 위한 커피숍이 나중에는 변질되어서 소위 말하는 일진들이 돈을 빼앗는 수단으로 변해 버렸다. 일일 찻집을 연다고 하고는 강제로 학생들에게 티켓을 팔아서 말이다. 물론 그 일일 찻집이라는 건 고작 세 시간 동안 빌리는 거고 티켓은 수백 수천 장을 강매하니 애초에 손님이 올 수 있는 것도 아니었다. 하지만 이곳은 모두 교복을 입고 있었고 웃는 얼굴로 하는 걸 보니 그런 식의 찻집은 아닌 모양이었다.

"커피 한 잔 주세요."

"뭐로 드릴까요?"

"초코 모카."

"초코 모카요? 그게…… 없는……."

초코 모카라는 말에 당황하는, 서빙하던 여중생 한 명. 그걸 본 노형진은 왠지 장난기가 돌았다.

"블랙 티 라테."

"그것도 없고……."

"그럼 차이 티 라테."

"그것도 없는데……."

'있을 리가 있나.'

몽땅 다 미래에 특정 브랜드에서 만들어서 선풍적인 인기를 끌었던 상품들이다. 지금 있으면 그게 이상한 거다.

"그럼 초코 크림 칩 프라푸치노."

"죄송합니다."

"에스프레소 꼰 빤나."

"그게 뭔가요?"

"있는 게 뭡니까?"

"믹스요."

"이런, 이런."

하긴, 이런 어린 학생들이 그런 여러 종류의 커피를 알 리가 없다. 여러 종류의 커피가 유행하는 건 노형진이 대학에 다닐 때부터니까. 그곳에서 일하면서 제조법을 배웠지만 이 시대에서 커피라고 하면 기본적으로 아메리카노, 아니면 거기에 약간의 우유를 더한 라테뿐이다. 아니면 녹차나 홍차 같은 거.

"죄송합니다."

미안해하는 그 모습이 너무 귀여워서 노형진은 더 이상 장난은 그만두기로 했다.

"그럼 믹스 주세요."

"네."

솔직히 믹스를 돈 3천 원 주고 사 먹는 건 아까운 짓이긴 하지만, 어차피 커피숍이라는 게 분위기를 즐기는 것이니까.

'이것도 나쁘지 않네.'

오랫동안 떨어져 있던 동급생 여자애들이 가득한 커피숍이라니, 왠지 나쁘지 않은 기분에 노형진은 피식 웃었다. 딱 커피가 나올 때까지만.

"저기요."

"네?"

"이거 먹으라는 건가요?"

"아, 안 맞으세요?"

'안 맞고 자시고를 떠나서.'

머그잔 가득 물을 붓고 거기에다가 커피 한 봉지를 넣었으니 도대체 무슨 맛이 나겠는가? 그냥 커피 냄새 나는 맹물이지.

"하아, 그냥 내가 하겠습니다. 주방 좀 씁시다."

"네?"

"어차피 학생들이 하는 거잖아요. 나도 열여섯 살이니까. 또래니까 잠깐 쓰죠."

"하지만……."

"맛있으면 한 잔씩 드시든가요."

다짜고짜 주방, 아니 커피를 만드는 곳으로 간 노형진은 스팀을 켜고 커피를 만들기 시작했다.

"가서 내가 부탁한 것 좀 사다 줘요. 일단 생크림하고 오레오랑 초코 시럽이랑. 돈은 내가 낼 테니까."

과거의 생각 때문에 왠지 흥이 난 노형진은 아예 재료를 몇 개 구해 달라고 했다. 여자애들은 순간 당황하다가 얼떨결에 재료를 사 가지고 왔다.

위잉.

스팀을 내리고 그걸 섞은 다음, 거품을 내서 올리고 우유와 초코를 적당히 내리자 순식간에 완성되는 커피 한 잔.

"우와!"

"초코 칩 프라푸치노입니다."

맛있어 보이는 커피 한 잔을 본 여중생들의 눈이 커졌다.

'뭐, 이 정도야.'

왠지 우쭐해지는 노형진이었다. 하긴, 그도 남자이니 또래 여자애들이 그런 시선으로 바라보는데 우쭐해지지 않으면 그게 이상한 것이다.

"먹어 봐요."

"먹어도 돼요?"

"더 만들면 되니까. 설마 아까 그 커피를 손님들에게 내려구요?"

"아······."

한 입씩 먹어 본 학생들의 눈이 어느 때보다 커졌다.

"진짜 맛있다!"

"장난 아니다!"

"이거 어떻게 만드는 거예요?"

"비밀."

"아……."

자신들의 맹탕과는 전혀 다른, 달달하면서도 훌륭한 커피의 향에 반한 여학생들.

"알려 주시면 안 돼요?"

"안됩니다."

"잘 팔릴 것 같은데."

"그럼 이렇게 하죠. 오늘 하루 날 고용해요. 어차피 할 것도 없으니까, 3만 원에."

"3만 원…… 음……."

비싼 가격이다. 하지만 제대로만 알려지면 많이 팔릴 것 같은 커피다.

"오케이, 그럴게요."

"좋습니다. 계약 결정."

'으흐흐, 오랜만에 눈요기하는구나.'

맨날 공부만 한다고 꾸미지도 않고 씻지도 않고 나오는 수더분한 누나들만 보다가 이벤트 한다고 예쁘게 차려입고 나온 여중생들을 보니 왠지 나가기 싫어지던 참이었다. 안 그래도 나가 봐야 피시방밖에 갈 곳이 없었으니 말이다.

"자, 그럼 시작해 볼까요?"

노형진은 일단 글씨를 잘 쓰는 학생에게 부탁해서 카페 입구에 멋지게 놓을 만한 메뉴판을 만들었다. 지금은 존재하지 않는 특이한 커피들이니 호기심을 이끌어 내기 위해서였다. 아니나 다를까, 생소한 이름에 이끌린 여자들이 한두 명 들어오기 시작했고, 과거의 쓰거나 달기만 하던 커피가 아니라 달달하면서도 향기로운 커피에 흠뻑 빠졌다.

"우와!"

텅 비었던 커피숍은 순식간에 꽉 찰 수밖에 없었고, 나중에는 대기자가 생길 정도였다.

"아이스 카페 모카 두 잔요."

대기자에 포장 주문까지 순식간에 매장이 가득해지자, 노형진은 힘든 와중에도 오늘 눈이 호강한다고 생각했다. 예쁜 누나들까지 가득 카페를 채워 주었던 것이다.

그렇게 하루가 순식간에 지나갔고 대부분 흡족한 얼굴이 되있나.

"고마워. 이렇게 장사가 잘될 거라 생각하지 못했는데."

"별말을. 나도 덕분에 용돈 벌이 한 거지."

3만 원을 받고 흡족한 얼굴이 된 노형진이었다.

'역시 남자는 여자가 있어야 힘을 낸다더니만.'

같은 또래가 좀 있다고 이렇게 힘이 날 줄이야.

"이제 어쩔 거야?"

"남은 돈 주고 가야지."

"남은 돈?"

"잔금."

"아아……."

노형진은 잔금이라는 말에 고개를 끄덕거렸다. 하긴, 빌리는 돈을 다 선불로 주지는 않을 테니까. 그런데 한쪽 구석에서 정산하던 아이들의 얼굴이 새파랗게 질리는 것이 아닌가?

"왜 그래?"

"돈이…… 부족해."

"돈이 부족하다니? 도둑질이라도 당한 거야?"

그럴 리가 없다. 돈을 관리하는 곳은 공개된 장소에 있고 누군가 모르는 사람이 털고 갈 만큼 시간이 있었던 것도 아니다. 돌아가면서 서로 지켰으니까.

"그, 그게 아니라 이 커피숍을 빌리기로 한 돈에 한참 부족해."

"한참 부족하다고?"

그럴 리가 없다. 애초에 커피숍이라는 게 그다지 장사가 잘되는 게 아니다. 하지만 오늘은 엄청나게 손님들이 몰려왔다. 그러니 충분히 그 돈이 되고도 남아야 한다.

"얼마나 부족한데?"

"50만 원."

"뭐?"

순간 노형진은 뒤통수를 맞은 듯한 느낌이었다. 50만 원이라니?

"얼마에 빌렸는데?"

"150만 원."

"150만 원?"

순간 이해할 수가 없는 말이 나왔다. 이 커피 상태를 봐서는 하루에 150만 원은커녕 30만 원도 매출이 안 나올 것 같은 곳인데 150만 원이라니?

"잠깐 정산 기록 좀 보자."

그걸 확인하는 노형진. 하루 빌리는 데 150만 원에, 오늘 3천 원짜리 커피를 오백 개 정도 팔았다. 즉, 딱 떨어지는 금액인 것이다. 문제는 원가가 있으니 그걸 빼고 나면 50만 원이 부족해지는 것이다.

"어, 어쩌지? 어쩌지?"

"돈 있는 사람?"

"50만 원이 부족한 건데 누가 있겠어?"

순간 울 것 같은 표정이 된 아이들. 그때 문이 열리면서 주인이 들어왔다.

"장사는 잘했냐?"

"아, 아저씨……."

"왜 그래?"

"돈이 부족해요."

"돈이 부족하다고?"

"네."

그 말에 남자는 얼굴을 팍 찡그렸다.

"장난하냐?"

"아니, 그게 아니라……."

"돈을 주기로 했으면 줘야 할 거 아냐! 이 씨팔 년들아!"

다 큰 어른이 고작 중학생에게 욕하면서 겁을 주자 애들은 겁먹고 한데 뭉치기 시작했다. 그리고 마치 기다렸다는 듯이 문을 통해서 다른 남자들이 들어왔다.

"뭐야?"

"아, 씨팔. 이것들이 이제 와서 돈이 없단다."

"뭐라고? 이런 개년들을 봤나."

"어린것들이 간땡이가 부었구나."

"남는 게…… 100만 원밖에……."

선두에 선 아이가 울먹거리면서 말했다. 그러자 순간 남자의 눈에 약간 호기심이 깃들었지만 대번에 사라졌다.

"그래서 50만 원이나 빈다고? 1만 원이나 2만 원도 아니고? 이런 개 같은 새끼들을 봤나?"

"아, 아저씨……."

"너희들이 간땡이가 부었구나."

"야, 귀찮다. 경찰 불러."

"그래, 너희들이 감방에 가 봐야 정신을 차리지."

"아저씨, 잘못했어요!"

"그럼 돈 내놔!"

"하지만…… 돈이……."

"저건 돈 아냐? 딱 봐도 150만 맞네!"

이것이 방이다

"하지만…… 들어간 돈이…….."

"쌩! 사업을 하면 각오는 해야 할 거 아냐!"

세 명의 남자들은 십여 명의 여중생들을 겁박하기 시작했고 여자애들은 울음을 터트리기까지 했다. 그걸 보고 있던 노형진은 기가 막혔다.

'당했네.'

이 커피숍의 위치나 인테리어를 봤을 때 하루에 매출이 30만 원이 나와도 다행인 거다. 근데 그걸 150만 원에 계약하다니.

'속였군.'

아마도 아무것도 모르는 여중생들을 속여서 계약하자고 했을 것이다. 잔뜩 들떠 있던 애들은 당장 큰돈을 벌 수 있을 것 같아서 그에 응했을 테고. 그러나 일반적으로 일일 커피숍은 그다지 돈이 안 된다. 아마 자신이 와서 도와주지 않았다면 100만 원은커녕 평균적인 30만 원도 못 채웠을 가능성이 높다. 그리고 그걸 모를 녀석들이 아니다.

'타이밍 하며 시간 하며. 노렸군.'

딱 끝나는 시간에 온 것도 그렇고 마치 기다렸다는 듯이 다른 두 명이 온 것도 그렇고, 저 녀석들이 애들을 속인 것이 너무 티가 났다.

'아, 나오면 안 되는 거였는데……. 눈요기한 것치고는 너무 인건비가 싸잖아.'

그렇다고 눈물 뚝뚝 흘리고 있는 여자애들을 버리고 가자니 양심이 찔렸다.

"야, 그냥 어디 사창가에 팔아 버릴까?"

"뭐, 한 년만 팔면 그 돈은 나오겠네. 누가 팔릴래?"

마구 겁을 주는 세 사람. 노형진은 그들과 여자애들 사이에 끼어들었다.

"그만하시죠. 그거, 협박입니다."

"뭐야, 이 새끼?"

"저요? 일당직 알바인데요?"

"뭐야? 꼴에 남친도 있냐? 어떤 년이 네놈 깔이냐? 용기를 봐서 그년은 안 팔아 줄게."

노형진은 한숨을 쉬었다. 척 봐도 조폭도 아니고 그냥 동네 양아치 같았다. 돈 많은 집에서 자식 놈이 놀고 있으니 갑갑해서 그냥 커피숍 하나 열어 준 게 뻔히 보였다.

"일단 여친 없고요. 아까도 말했다시피 알바입니다."

"그래? 그럼 아무나 팔면 되겠네."

"꺄아악!"

다가오려고 하자 구석으로 몰리는 아이들. 노형진은 양손을 들어서 그들을 막았다.

"어쭈? 꼴에 남자라는 거냐?"

"꼴에 남자라는 게 아니라 협박이라니까요."

"허! 이 당돌한 새끼 봐라?"

남자가 주먹을 올렸다. 하지만 노형진은 물러나지 않았다.

"형법 제284조, 단체, 또는 다중多衆의 위력을 보이거나 위험한 물건을 휴대하여 협박의 죄를 범하였을 경우에는 특수협박죄가 되어 7년 이하의 징역, 또는 1천만 원 이하의 벌금에 처한다."

순간 멈칫하는 남자.

"일단 세 명이니까 다중 성립된 거 맞네요."

"너……."

만만하게 보고 덤비려는 순간 나온 법조문에 그들은 멈칫할 수밖에 없었다.

"게다가 피해자가 저를 비롯한 열다섯 명이나 되는 여중생들이고."

"이 새끼가 뭐질라고."

"때리시려구요? 폭행죄까지 들어갑니다. 아, 여기 증인이 많으니까 때리려면 때리시는가."

그 말에 자신도 모르게 움찔거리면서 뒤로 물러나는 세 사람. 역시 양아치였던 것이다.

"뭐, 이 애들이 모르고 한 것도 있으니 이 문제는 그만 이야기합시다."

"이 새끼가!"

"아니면 끝까지 가시든가."

"쌍, 돈이나 내놔!"

노형진이 만만하게 보이자 않자 결국 돈으로 해결하려고 하는 그들이었다. 물론 노형진이 그것에 당해 줄 리가 없었다. 애초에 애들이 당한 것도 실수이지만 작심하고 속이려고 든 것도 이들이기 때문이다.

"뭐, 약속한 건 드려야지요. 그런데 계약서 좀 봅시다."

"계약서?"

"네, 계약했으니 계약서는 있을 거 아니에요?"

그 말에 남자의 얼굴에 비웃음이 떠올랐다. 없으면 내빼려고 한다고 생각한 것이다.

"여기 있다. 분명히 써 있지, 150만 원?"

"맞네요. 근데 동의서는?"

"동의서라니?"

"동의서 모르세요? 이 애들 중에서 제일 나이 많은 애가 열여섯 살입니다. 법정 미성년자죠."

"그래서?"

"어허, 큰일 날 소리 하시네. 법정 미성년자가 법률적으로 법률행위를 하기 위해서는 법정대리인, 그러니까 부모님의 동의서가 있어야 합법이라고요. 만일 그런 동의서 없이 계약 하면 그건 명백한 취소 사유입니다."

"그……."

순간 이해하지 못하는 세 사람. 하긴, 부모 돈으로 놀자 판을 벌이고 있는 세 사람이 이해할 수 있을 리가 없었다.

"쉽게 말해서 어른이 허락해 주지 않고 한 짓이라 돈 안 주면 그만이라는 거죠."

"그딴 게 어디 있어!"

"어디 있기는요, 법이 그런 겁니다."

"이 새끼들이!"

"때리면 폭행이라니까요. 거참, 다 알 만한 분들이 왜들 이러시나."

생각지도 못한 상황이 닥치자 뭘 어쩌지 못하는 인간들.

'그럴 줄 알았다.'

나이 어린 중학생들을 등쳐 먹는 놈들이 현명한 인생이라는 걸 살아왔을 리가 없다.

"100만 원이라도 내놔!"

결국 으르렁거리면서 뒤로 물러날 수밖에 없는 세 사람. 하지만 노형진은 땡전 한 푼 주고 싶지 않았다.

"그 전에 매출 기록 좀 봅시다."

"매출 기록이라니?"

"이곳의 일반적인 매출을 봐야지요."

"일반적인 매출?"

"일일 카페라 하더라도 이곳의 일반적인 매출에 비교해서 그다지 많이 남지 않을 건 당연한 일인데 그걸 알면서도 무려 150만 원이라는 터무니없는 가격을 요구한 건 적자일 걸 알면서도 이 학생들을 속여서 계약한 것이 되니 사기 성립 요건이 되거든요?"

"사기?"

"네."

"그게 왜 사기인데!"

"금전적 이득을 목적으로 계약에 영향을 줄 수 있는 중요 정보를 속이거나 공개하지 않는 경우, 사기에 해당됩니다. 그러니 매출 전표 좀 봅시다."

"……."

말을 못 하는 세 사람.

"못 보여 주겠다면?"

"뭐, 어쩔 수 없죠."

그 말에 안도하는 찰나, 노형진은 핸드폰을 들었다.

"일단 협박과 사기에 대해서 경찰에 신고하겠습니다. 그러면 경찰들이 알아서 수사해 줄 텐데요, 뭐. 아, 그리고 그거 차이 많이 나면 세무서에도 들어갈 겁니다. 세무조사를 준비하셔야 할 거예요."

천연덕스럽게 경찰을 부르려고 하는 노형진을 보고 세 사람은 완전히 멍한 표정이 되었다.

⚖️

"고마워!"

"별말을."

"네가 아니었으면 큰일 날 뻔했어."

"사람은 조심해야 하는 거야."

결국 그들은 매출 전표를 보여 줄 수밖에 없었고 그 결과 하루에 고작 20만 원 번다는 게 드러났다. 노형진은 나서서 협상했고, 추가 수익으로 10만 원을 더 주는 선에서 30만 원을 주는 걸로 계약이 끝났다.

"근데 결과적으로 적자다."

남은 돈은 70만 원. 그걸 열다섯 명이 나눠 가지자니 큰돈은커녕 용돈이나 되는 정도였다.

"아니야, 그냥 추억으로 시작한 일인걸."

'그 추억이 최악이 될 뻔했지만.'

어른이라는 작자들이 애들을 속여서 그러는 걸 노형진은 숱하게 봐 왔다. 어른이 어른의 본을 보이지 않으면서 '애들이 타락했네, 싸가지가 없네.' 하는 건 말도 안 되는 소리다.

"근데 어느 학교 다녀? 그러고 보니 그걸 안 물어봤네."

"나, 학교 안 다녀."

"안 다닌다고? 근데 왜 그렇게 똑똑해?"

"아, 학교를 안 다닌다고 공부 안 하는 건 아니거든? 학교는 검정으로 끝내고 대학 학위 준비 중이야."

그 말에 놀라움으로 가득해지는 아이들.

"너, 진짜 똑똑하구나."

"뭐, 기본이지."

"나중에 우리 또 하자."

"아, 다음번에는 저런 놈들은 피해서 했으면 좋겠는데."

"네가 좀 도와주면 안 될까?"

"가끔이라면."

노형진도 머리 식히는 선에서 이렇게 또래와 하루를 보내는 것도 나쁘지 않다고 생각했다.

"도움이 필요하면 연락해."

노형진은 그렇게 말했지만, 그게 생각지도 못한 사태로 이어질 거라 예상하지 못했다.

⚖️

"여, 카사노바."

"아니라니까요."

"아니긴 개뿔. 어떻게 하루 만에 여학생 전화번호를 열다섯 개를 따 오냐? 카사노바가 울고 가겠다."

여학생들의 문자질이 얼마나 대단한 건지 몰랐던 노형진은 끊임없는 문자에 질려 버릴 지경이었다. 쉴 새 없이 문자가 날아오고 있었던 것이다.

"나도 조심해야겠어. 설마 나까지 꼬시는 건 아니지?"

"효린 누나!"

"어머, 어머, 저 카리스마 봐. 반할 것 같아."

"아 놔, 진짜."

효린의 말에 노형진는 고개를 흔들었다.

'어떻게 하는 짓이 친누나랑 똑같냐?'

친누나인 현아가 하는 짓과 거의 비슷한 모습을 보면서 노형진은 고개를 흔들 수밖에 없었다.

"그나저나 공부는 할 수 있는 거지?"

"합니다, 해요. 걱정하지 마세요."

아무리 문자를 보낸다고 해도 수업은 해야 하기 때문에 노형진은 자신의 공부에 집중했다. 다행히 대부분의 문자가 급하게 대답할 게 아니었기 때문에 나중에 몰아서 하면 그만이었다.

"으하함."

그렇게 수업이 끝나고 자신의 기숙사로 들어가면서 노형진은 하루 종일 밀려 있는 문자에 답했다. 그렇게 한참을 답하던 노형진은 마지막으로 답장하려던 숭 멈칫했나.

─형진아, 나 좀 도와줘. 제발. 큰일 났어. 이거 받는 대로 연락해 줘.

다급함이 느껴지는 문자였다. 얼마나 다급한 건지 그 후에도 계속 문자나 전화가 와 있었다.

"끄응, 이거 왠지 골치 아플 것 같은데?"

그는 입맛을 다시면서 전화를 들었다.

"어, 난데, 무슨 일이야?"

다음 권으로 이어집니다

200평 초대형 24시 만화방

수원시청점

로데오거리
● 농협

● CGV
⑧ 수원시청역 8번출구

24시 만화방
3F

● 홍콩반점

TEL : 031-226-3771
수원시 팔달구 인계동 1041-11 3층 24시 만화방

수면실(침대식) — 사우나석

2인석 — 샤워실

세탁기 — 신간100%

의정부점

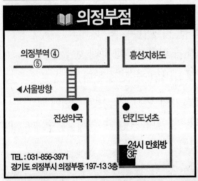

의정부역 ④ ⑤
흥선지하도

◀서울방향

진성약국
던킨도넛츠

24시 만화방
3F

TEL : 031-856-3971
경기도 의정부시 의정부동 197-13 3층

안양점

● 안양역
육교

◀관악역
명학역▶

● 농협
24시 만화방
2F
안양일번가

TEL : 031-466-3771
경기도 안양시 안양동 674-163 공룡고가건물 2층

주안점

주안남부역

◀제물포
민병철 어학원
간석동▶

24시 만화방 6F

TEL : 032-426-2871
인천광역시 주안남부역 지하상가 4번 출구 GS25시 건물 6층

안산점

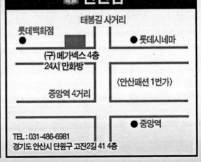

태봉길 사거리
롯데백화점 ●
● 롯데시네마

(구) 메가박스 4층
24시 만화방

〈안산패션 1번가〉

중앙역 4거리

● 중앙역

TEL : 031-486-6981
경기도 안산시 단원구 고잔2길 41 4층